メディアワークス文庫

宮廷医の娘８

冬馬 倫

目　次

二十一章　偽者

「皇帝陛下万歳！」

歓呼の声が散夢宮に木霊する。

新皇帝劉淵の即位を祝う声が国内を満たす。

万歳とは一万歳まで生きてその治世が永遠たれという意味が込められた言葉であるが、劉淵に対して用いられる万歳に嘘偽りは微塵もない。

新皇帝劉淵は摂政の頃から善政を敷いており、身分問わず人気を集めていた。

彼が皇帝ならばこの中原国は末永く発展していくだろう。

その治世が万年に及べば民はすべからく平穏に暮らせることは間違いなかった。

群臣たちは基本的に民の幸せを祈っているものだから、劉淵が龍袍を纏うことを歓迎していた。彼が珠玉の玉座に座ることを概ね歓迎していたのである。

それは長年、宮廷医見習いとして劉淵を支えてきた香蘭も一緒であった。

東宮時代から宮廷の改革と国政に邁進していたことを誰よりも知っている香蘭は、劉淵の登極を喜んだ。おそらく、この中原国で〝二番目〟に喜んでいるのが香蘭ではなかろうか。ちなみに一番目は内侍省東宮府長史の岳配である。香蘭よりも遥かに長く劉淵に仕えている彼は感無量、といった表情で即位式に臨んでいた。

体中の水分を歓喜の涙に使い、余った水分は鼻水にするありさまであった。

香蘭は懐から手ぬぐいを取り出すと老臣に手渡す。

岳配は、「有り難い」と深々と感謝をすると涙と鼻水を拭い去るが、それでも彼の目と鼻から水分が絶えることはなかった。

岳配は万感の思いに満ちた表情で言った。

「ただの少年だった劉淵様がまさか皇帝におなりになるとは。人間、長生きはするものだ」

「岳配殿は劉淵様を長年支えられました。その思いは人並みならぬものでしょう」

「であるな。この老いぼれが死ななかったのはこの日のこの光景をこの目に焼き付けるためかもしれない」

そんなことを話しているうちに即位式は〝兄弟殺しの儀〟に入る。

兄弟殺しの儀とは新皇帝が弟たちを殺害する儀式だ。皇位を争って戦を起こさぬようにするための儀式である。

劉淵は剣を持つと弟たちの首に剣を添える。

昔はそのまま首を刎ねていたこともあるらしいが、今はそのような野蛮なことは行わない。首に剣を添え、「兄上に絶対の忠誠を誓います」と宣言をするだけの儀式となっていた。

三男の劉決を始め、弟たちは深々と頭を下げ、新皇帝への忠誠心を示した。

ちらりと弟たちの列にいる劉丕を見つめる。なんとも言えない表情をしていた。彼は先帝が亡くなった際に反乱を起こして皇位を簒奪しようとしたのだ。それでなくても以前から兄といがみ合い皇位を狙っていた彼であるから、今日の即位式が面白いわけがなかった。「ふん」という鼻息がこちらまで聞こえてきそうであった。

その後、戴冠式と封禅の儀を執り行い、劉淵は晴れて皇帝となる。

岳配と共に祝賀の言葉を述べると、

「皇帝とは不便なものだ。即位するだけで一日中なにかしらやらされる」

劉淵は不平を述べた。

「即位の儀式は必要なものでございます。その形式が権威を生むのです」

「これから三日三晩これが続くと思うと溜息が出るな」

「我慢してください」

と岳配が頭を垂れると劉淵は思い出したように言った。

「そういえばおまえの役職は内侍省東宮府長史のままだったな」

「御意」

「私は東宮から後宮に移る。そうなるとおまえの手が借りられない」

「そうなりますな」

「それは困る。三公の地位を用意するから好きなものを選べ」

三公とは大司徒、大司馬、大司空のことである。それぞれが行政、軍事、立法を預かるこの国の最高権威であるが、新皇帝劉淵はそれを惜しげもなく岳配には与えるつもりのようだ。ただ、岳配はその栄誉に浴するつもりはないようで、

「恐れ多いことでございますが、それらの職よりも、内侍省後宮府長史の役職がほしゆうございます」

と殊勝な言葉を述べた。

「そのような低位の職でいいのか」

「我が身には勿体ない職にございます」

「まあいい。大司徒、大司馬、大司空の職も名誉職に近いところがあるからな。おまえには常に側にいて貰って公私にわたって世話をして貰わねば」

「ははっ、臣としましては劉淵様が皇帝陛下に即位あそばされたからにはそろそろ御子をなしてほしいです」

「また始まった。おまえは最高の家臣だが、子を作れと五月蠅いところが玉に瑕だな」

はっはっは、と劉淵は高笑いをすると、ついで香蘭を見た。

「おまえも東宮府所属だったな。明日から後宮府所属に替えておく」

「わたしも連れて行ってくださるのですか」

「当たり前だ。誰が私の健康を見るというのだ」

「後宮府には立派な宮廷医がたくさんいると聞いております」

「おまえほど優れた医者はおらぬよ」

「しかし、わたしは正式な免状もありません」

「次こそ医道科挙に合格するのだな。さすれば後宮府の宮廷医医官長に任命しよう」

「恐れ多いことにございます」

「冗談ではないぞ。この職をまっとうできるのはこの中原国でふたりだけだ」

「もうひとりは白蓮殿でしょうか」

「そうだ。私の莫逆の友だ。――もっとも即位式に顔も出さない薄情者であるが」

「今、白蓮診療所は患者であふれているのです。本来ならばわたしも診療所にいなければならないのですが」

「なんだ。ならば明日以降の即位式は欠席するがよい」

「よろしいのですか？」

「人命と権威主義的な儀式、どちらが大切か比べるまでもない」

「ありがとうございます。それではさっそく、帰らせて貰います」

香蘭はぺこりと頭を下げると立ち去っていった。

それを微笑みながら見つめる青年と老人。老人は正直な感想を口にした。

「相変わらず気持ちのいい娘ですな、側に置いておくだけで心が晴れる」

「そうだ。思えばあの娘には何度も助けられた」

劉淵は腹を押さえる。暗殺者に腹を斬られたときのことを思い出したのだ。

「医道でだけではなく、精神的にも何度助けられたことか」

「それはそれがしも一緒です。あの娘がいなければ我が友霍星雲の魂は浮かばれなかったことでしょう」

「そうだな。あの娘の小さな肩にはこの国の未来があるのかもしれない。大事に扱わなければ」

「それでは裏で手を回して医道科挙に合格させましょうか」

皇帝はその提案を聞くとしばし「ふうむ」と顎に手を添える。何やら思うことがあるようだ。

「……いや、それはやめておこう。事実を知ればあの娘は怒る。いや、悲しむだろう」

「たしかにそうかもしれません。あの娘は一本気ですから」

「それにあの娘は前回の医道科挙も最後の試験を病欠さえしなければ合格していたのだ。余計なことをしなくても勝手に合格するだろう」

「そうですな。そうなればいよいよ〝見習い〟の呼称が取れます」

「ああ、正式に朝臣になってくれれば政治的な活躍も期待できる」

「香蘭は娘ですぞ」

「宮廷医の娘だ。父の治世では知らぬが、俺の治世では女も活躍できる世を作る」

「なんと」

「次から医道科挙の女枠を廃止する。純粋にそのものの能力を見て合否を決める」

「おお、それでは確実に香蘭は合格しますな」

劉淵は「うむ」と首肯する。

「それだけでなく、なるべく早い時期に普通の科挙のほうも女に門戸を開放する」

「おなごに政治を任せるのですか？」

「〝有能〟な女にな」

「しかし、頭の堅い官僚どもがそれを許しますまい」

「ああ、だからこその皇帝権力だ。もっともそれよりも先に改革したいことがあるから科挙の件は後回しだ」

「それがご賢明かと」

老人はたおやかに微笑む。

「しかし、あのものを朝臣にするのはいいですが、あのものの師がそれを許すでしょうか」

「そうだな。それが問題だ」

この場にはいない白蓮の顔を思い出すふたり。

「あいつは弟子として、医療者としての香蘭を大変重宝している。なかなか手放しはしないだろうな」

「我々が香蘭を欲するように白蓮もまたあの娘を欲しましょう」

「そうだな。しかも我々と違ってその能力や人柄だけでなく、〝女〟としても欲しているように思える」

「あのふたりはそのような仲なのですか⁉」

「ふふ、岳配はその手の機微に疎いな」

「いえ、無論、ふたりが互いに相手のことを好いていることは分かっていますが、まだ男女の仲になる気配を見いだせなかったもので」

「そうだな。今のところふたりの仲は恋人というよりも師弟であるが、私は最初にあのふたりを見たときから将来は夫婦になると確信していた」

「夫婦ですか、たしかにお似合いですが」

「ああ、つまり我々の目論見は夢幻に終わる可能性が高いということだ」

「香蘭の自主性に期待するしかありませんな」

「そうだ。いかに有能とはいえ家庭を持ちたいという娘に無理強いはしたくない」

「あの娘が家庭ですか」

「女というものは家庭を持って子供を産みたがるものだ」

「なにごとも例外はありましょう」

「そうだな。ただ、それが人の本質である限り止めることはできない」

新皇帝は白蓮と香蘭が寄り添う姿を思い浮かべながら次の儀式の準備を始めた。

封禅の儀の準備をしなければいけないのだ。

封禅の儀とは人から天の子となる皇帝即位式でも欠かせぬ儀式であった。

もっとも劉淵は自分が天の子などとは小指の先ほども思っていないが。

人間、自分が神などと思い込んだらおしまいであると思っていた。万人の上に立つ皇帝であるが、あくまで人間として人臣の上に君臨するつもりであった。

「俺には皆と同じ赤い血が流れている。俺の務めは民にも流れる赤い血を大切にすることだ」

そのためには北胡(ほっこ)との戦争を一刻も早く終結させるべきだと思っていた。

人臣は反対するだろうが、本来の都、北都(ほくと)を諦めてでも〝講和〟を模索する時期に来ているのかもしれない。劉淵はそのような未来図を思い描いていた。

強硬に反対するであろう人物たちの顔を思い浮かべる。

劉淵の政敵である弟の劉亟、軍務省尚書令の孫管あたりは頑なに反対することだろう。いや、彼らだけでなく、人臣のほとんどは反対するかもしれない。なにせ北方の地の奪還はこの国の国是なのだから。

「……ふう、皇帝とはままならぬ身分だ。東宮の比ではないな」

劉淵は溜息を漏らす。

父が生きていた頃、己が皇帝になればすべてを変えられるなどと夢想したものだが、そんな妄想は即位式一日目で消し飛んだ。あるいは父が健在だった頃よりも政治的自由が失われたような気がする。劉淵は家臣たちの政治的不満を抑え込みながら政治の舵取りをしなければいけない。それは荒海を小舟で渡るような作業であった。劉淵の脳裏にひとりの男が浮かぶ。本来、この即位式に参加し、己の横で不平不満を漏らしながらもこの国の未来について語ってくれるはずの男だ。かつて軍師として仕えてくれた男、この国の未来を真剣に憂えてくれた男の顔が浮かぶ。

「白蓮、今こそおまえの力が必要だというのに……」

吐息を漏らすが白蓮が再び軍師になってくれる可能性はない。劉淵は政治の道を歩み、白蓮は医療の道を邁進する。それがふたりが選んだ道であった。

しかし、そうだと分かっていてもかつての友の助力が切実にほしかった。自分が皇帝となった今、心の底から頼れる〝友〟がほしかった。

その役目を岳配と香蘭が担ってくれるのだろうか。

劉淵は老臣である岳配を見つめ、ここにはいない娘の姿を思い浮かべるが、彼らは白蓮のような皮肉を口にすることはなかった。

†

「なぜ、皇帝陛下の即位式に参列しなかったのです」

午後の麗らかな日差しが診療所に満ちる中、香蘭は師にその真意を尋ねた。

白蓮はもっともらしく答える。

「皇帝の即位式に麒麟や鳳凰が現れないからさ」

「封禅の儀やその他の儀式がまやかしだということですか」

「ああ、政治的なショウだ。それもただ退屈なだけの」

「しかし、大切な友の晴れ舞台じゃないですか」

「おまえは死にかけている患者に晴れ舞台云々と説明をして治療を途中で取りやめるのかね」

「…………」

それを言われたらぐうの音も出ない。事実、香蘭が皇帝の即位式に参列できたのは白蓮が代わりに患者を診てくれたからだった。

「まあ、わたしが代わりに豪華絢爛な式に参加しました。ことあるごとに詳細を伝えましょう」

「もしも封禅の儀のときに皇帝から後光が差したら出向こうか」

そのようなやりとりをしていると、小間使いの少年陸晋が帰ってくる。

「ただいまです」

にこやかに微笑む少年、その無垢な笑顔だけが白蓮診療所の清涼剤であった。

「おかえり、陸晋。荷物、重かっただろう。わたしも手伝えばよかった」

「なにを言っているのです。香蘭さんは白蓮診療所の立派な戦力じゃないですか。お医者様に下働きはさせられませんよ」

「しかし、なにからなにまで陸晋頼みなのも気が引ける」

「ならばその分、患者の診療に費やしてください」

陸晋はそのように微笑むと、一転、表情を引き締めた。

「そんなことよりも町中で変わった情報を手に入れたのですが。おふた方の耳に入れておきたい情報です」

陸晋は真剣な表情をする。

この少年が不要な情報を口にするとは思えなかったので香蘭は耳を傾ける。あの白蓮でさえ真面目な表情をしていた。

「あの、おふたりはここ数日、涿県には赴いてませんよね」

「涿県か？　都から遠い場所にあるな。ここ数日どころか近寄ったことすらないよ」

「わたしも陛下の即位式に参列していたのでそんな場所には行っていない」

「ですよね。――じゃあ、やはりおふたりの名を騙る偽者なのでしょうか」

「わたしたちの名を騙る偽者？」

「はい、そうです。昨今、白蓮を名乗る医者が国の方々に出現しているそうなんです」

「なんと」

「白蓮先生だけでなく、その弟子の名前も一緒で」

「わたしのことか」

「はい、そうです。白蓮と香蘭を名乗る医者が中原国中を歩き回ってあくどく稼いでるともっぱらの評判です」

「それは許せないな。俺があくどく稼いでいるのはこの南都だけだ」

「――あくどく稼いでいるという自覚はあったのですね」

香蘭は溜息を漏らしながら言う。

「聖人君子だとは思っていないよ。しかし、俺の名を騙るとはな」

「はい。法外な治療費を要求しているとか」

「しかし、白蓮殿の名を騙るということはそれなりの腕前は持っているのだろうか」

「そうですね。無論、失敗をした例もあるでしょうが、基本的には患者を治癒させているそうです」

「ほう、なかなかの腕前の外科医なのだな」

「そうですね。三斗麦道のようなえせ医療行為ではなく、外科医や内科医としての仕事をしているようです」

「なるほどな。ちなみにそのものは男前か？」

「なかなかの美男子だそうです」

「俺の名を騙る最低限の資格は持っているということか」

「こだわるところはそこですか」

香蘭は師の言に呆れ果てる。

「これでも眉目秀麗だと思っていてね。偽者が不細工だと腹が立つ」

「容姿に関係なく腹を立ててください。偽者たちは悪評を広めているんですよ」

「悪評？」

「陸晋が失敗した例もあると言っていたじゃないですか」

「そうなんです。偽白蓮は法外な治療費を受け取った上に治療に失敗することもあるんだそうです」

「なるほど、そこが俺との違いか」

　白蓮も法外な治療費を要求するが、それは病が癒えたときだけにしている。あるいは僅かでも延命できたときか。治療に失敗した場合は金を受け取らないというのが白蓮の信条のひとつであった。

「それは由々しき問題だな」

「はい、白蓮殿だけでなく、わたしの名前も使われていると聞くといても立ってもいられません」

「陽家の名に傷がつくか」

「そういうことです。わたしは白蓮診療所だけでなく、陽診療所の看板も背負っているのですから」

「ならばその偽者を捕まえましょうか」

「どのような咎で？」

「白蓮先生と同じことをしているということは医道の免状を持っていないということです。無免許医として検挙しましょう」

「なるほど、たしかに俺は免状を持っていないな」

「この国では免状を持たずに医療行為をするのは違法だったな」

　香蘭がそのようにつぶやくが、よくよく考えれば香蘭たちは偽者を非難できる立場ではなかった。しかし、それでも白蓮の悪評が広まるのは嬉しいことではなかった。香蘭は偽者と接触し、白蓮の名を騙るのをやめさせる腹づもりとなった。

「我が弟子は考えも早ければ行動も早いな」

「外科医に必要なのは即断即決ですから」

それが師に習ったことのひとつであった。

「それではおまえに陸晋を貸し与えるからふたりで偽者を捕まえてくれ。もしも男前でなければ陸晋の蹴りをくれてやっていいぞ」

「白蓮殿より男前だったらどうしましょう？」

「それはそれで腹立たしいからそのときは鼻をへし折ってやれ」

「承りました」

と物騒なやりとりをするふたり。陸晋は温厚であるが、主である白蓮の言葉には絶対的に従うのである。この主従関係の固さは見習うべきところがあった。

「さて、それではわたしは家に帰って旅の支度をしてくる」

「まずはご両親の説得からですね」

「なあに、父母はこういうことに慣れている。もはやなにも言うまい」

そのように断言したが、家に帰ってこのことを伝えた途端、母は烈火のごとく怒った。

「香蘭、また旅に出るのですか。あなたは嫁入り前の娘なんですよ」

人妻になったあとのほうがなにかと面倒だろう、と思わなくもないが、これ以上母の機嫌を損ねたくないのでおとなしく説教を聞く。

「この前もなんとか麦道のために旅をしたじゃない。危ない目にも遭ったんでしょう」

あのときは陸晋が側にいたから武力でねじ伏せました——とは言えない香蘭、「なにごとも起きませんでしたよ」と嘘をつくしかない。母上ごめんなさい。

とそのようにやりとりをしていると、父が助け船を出してくれる。

「まあまあ、そう頭ごなしに否定するものじゃない。香蘭は賢い娘だ。意味もなく旅をするような娘じゃない」

その通りです、父上。分かっていらっしゃる。

香蘭は素直に事情を説明する。

「なんと、おまえの偽者がそのようなことをしているのか」

「はい、これは陽診療所の評判にも関わることなのです」

「たしかに嫁入り前の娘が高額な医療費をふんだくっている、という噂が広まるのはよくないわね」

「はい。わたしは白蓮殿の弟子ですが、適切な医療を適正な価格で提供しているだけです。師の医療はとかく、金が掛かるのです」

「一方、偽者は不適切な医療もするのだな」

父は尋ねてくる。

「噂によれば」

「ならばおまえたちの名誉に関わることだ。よろしい、馬車を貸し与えよう」

「あなた――」

「――いや、いいのだ。可愛い娘には旅をさせろと言うだろう。香蘭は旅から帰ってくるたびに人間として成長しているような気がする」

「……代わりに嫁入りから遠ざかっている気もするけど」

「そのときは白蓮殿に貰ってもらうだけさ。持参金をたんまり用意すれば首を横には振るまい」

師の提示する持参金はきっとえぐい額だろうな、と思いながらふたりの話を聞く。

「ほんと、白蓮さんには香蘭を貰って貰うしかないわね。弟子入りしたおかげで賢しくなるだけ賢しくなって結婚からどんどん遠ざかっていく」

口答えもせずに黙っていたからだろうか、母はなんとか旅を許してくれた。

そこにちょうど陸晋がやってきた。

「ちょうど、説得に成功した頃合いかと思いまして」

とのことであったが、まったくもって慧眼であった。陸晋の賢さを賞賛するとそのまま馬車に乗り込む。

「まずは涿県に向かいますが、おそらく、そこにはすでに偽者はいないでしょう」

「だろうな。国中を放浪しているらしいから。しかし、他に情報がない以上そこから順番に辿っていくしかない」

「ですね。さてそれでは出発しましょうか」

ちなみに涿県は南都から北へ馬車で二週間ほどのところにある。かなり辺鄙で遠い場所だ。北胡との国境に近い場所にあった。

「盗賊の類いも怖いですが、北胡の軍勢と出くわすのが一番怖いですね」

「そうだな。しかし我々としてはなにごとも起きないように祈ることくらいしかできない」

「盗賊の類いならば僕の功夫で追い払ってみせますよ」

頼もしき言葉であったが、それを担保にして香蘭は馬車の揺れに身を委ねた。

†

ガタガタと揺れる馬車、揺れをものともせず本を読む香蘭。陸晋はなんの本を読んでいるのか尋ねてくる。

香蘭は背表紙を見せながら「四書」のひとつさ、と言った。

「お堅い本を読んでいるんですね。診療所ではいつも通俗娯楽小説を読んでいるのに」

「医道科挙が近づいているからな。次こそ合格したい」

「そうでした。今年こそ合格できるといいですね」

「四年越しの悲願だ」

「でも大丈夫ですよ。去年は色々と不運が重なった末の不合格でしたし」

「そうだな。今年こそ運気が向いてくれればいいのだが」

　昨年の医道科挙は色々あったあげく最後に発熱して医道科挙を途中辞退するというていたらくであった。もうあんな不運には見舞われたくない。そのために今年の初詣ではお賽銭(さいせん)をたくさんはずんだのだ。そのもとは取らせて貰うつもりだった。

　無論、最初から神頼みではなく、勉強を重ねなければ合格などほど遠いのが医道科挙であった。香蘭は論語の暗記に集中する。

　しばし熟読していると陸晋は言った。

「文字が読めるのが羨ましいです」

「……陸晋は文字が読めないのでしたね」

「はい」

「陸晋はたしか文字が反転して見えるのだな」

「そうです」

「ならばわたしが論語を読み聞かせてあげようか」

「本当ですか⁉」

目を爛々と輝かせる陸晋。

「嘘など言わないさ。それに馬車の旅は長い」

「でも、医道科挙の勉強が……」

「なあに、音読するのも頭に入っていいものさ」

「そういうものなのですか」

「そういうものなのです。さて、音読しようか」

子のたまわく——から始まる教えを陸晋に教授する香蘭、陸晋は一言も聞き漏らすまいと耳を傾けてくる。

陸晋はとても頭がいい少年で、香蘭の音読した教えを一言一句違わず記憶する。もしも陸晋に学習障害がなければ今頃医道の免状をとっていたことは疑いなかった。あるいは香蘭よりもいい医者になっていたかもしれない。それほどまでに賢い少年なのだ。

白蓮が側から離さないのには理由があるのである。そのような感想を抱きながら香蘭は論語を読み続けた。

馬車に揺られること二週間、無事、涿県に到着する。

「騒動体質のわたしが誰にも絡まれなかったのは奇跡だ」

思わず自分でつぶやいてしまうが、陸晋も似たような感想を持っていたようでくすりと笑った。

「天運が向いている証拠です。次こそ医道科挙に合格ですね」

「だといいのだが」

そのように漏らすと、早速聞き込みをすべく近くの集落に向かう。

「この村に現れたという白蓮と香蘭を名乗るものの行方を知るものはいないか？」

村人たちに尋ね回るが、なかなか情報は入ってこない。

治療を受けたものの話を聞くと、大金を支払ったのに完治しなかった、とか、想像以上の医療で治してくれた、とか正反対の情報が錯綜(さくそう)する。

「やはり、偽白蓮は治癒しなくても金を取っているようだな」

「そうみたいですね。そこが白蓮先生との大きな違いか」

「このままだと白蓮殿の名がぼったくりの代名詞になってしまう」

「現時点でもなりかけていますが、これ以上の悪評が広まるのは避けたいですね」

「そういうことだ。なんとか情報を得たいが……」

そのように話していると溕県の村のひとつで疫病が蔓延(まんえん)しているという情報を得る。

「疫病か、放っておけないな」

「そうですね。偽者もそこにいるかもしれません」

「まずはその村に行ってみようか」

「はい」


その村は死臭を放っていた。村のあちこちに死体の山が連なっていたのだ。

どうやらおびただしい数の死人が出ているらしく、埋葬が間に合わないとのことであった。

これはのっぴきならない事態だと悟った香蘭は、村人に感染症予防の概念を説く。

まずは遺体を速やかに火葬し、発病しているものを隔離、そして手洗いとうがいを欠かさないように注意する。

村人たちはどこの馬の骨とも分からないやつの話など聞かない。最初、そのように抵抗をしたが、香蘭が名乗ると態度を一変させた。

皮肉なことだが、香蘭は豫県ですでに有名人となっていたのだ。


「胸は小さいが志は大きい見習い医香蘭」

「金にあくどいが腕は立つ白蓮の弟子」

「その若さで多くの命を救った娘」

悪評だか好評だか分からない寸評を貰いながら疫病対策を指導すると、なんとか病人の数は減っていく。

「白蓮殿から抗生物質を分けて貰っていて助かった。この薬がなければこの村は全滅していたかもしれない」

疫病収束の兆しに安堵の溜息を漏らす香蘭に、村人のひとりから耳寄りな情報がもたらされた。

「白蓮と香蘭さんならば南の南陽という村に向かったと聞きました。——でも間違いですよね、だって香蘭さんはここにいるのだから」

面倒なのでそいつは偽者ですとは説明しないが、なかなかによい情報を得ることができた。香蘭たちは南陽を目指す。

南陽に着くと確かにそこで偽者たちが医療を施した形跡が見つかったのだが、おざなりな治療が目に付いた。適当に骨接ぎをされた患者、まったく見当違いな治療をされた患者もいた。香蘭はそのものたちに事情を説明すると治療をし直す。

すると患者たちはみるみる回復した。

「すごい。この前来た白蓮先生と香蘭先生よりも何倍も腕前がある」

陸晋は軽く胸を張りながら言う。

「この方こそ本物の陽香蘭先生です。師である白蓮先生はもっとすごいですよ」

「そいつはたまげた。もっとすごい医者がいるとは」

「はい。しかし、昨今、その名誉を傷つけるものがいるとのこと、白蓮を名乗るものたちはいずこに消えたのでしょうか？」

陸晋が率直に尋ねると村人たちはさらに南にある新銭（しんせん）という地名を口にした。

「新銭か。どんどん南に向かっているな」

「あるいは南都へ向かっているのかもしれませんね」

「ならば滑稽だな。旅に出ずに待っていれば現れたかもしれないのに」

「いいえ、無駄ではないでしょう。偽者たちが施したいい加減な医療をやり直せたのですから」

「そうだな。こうして人々を救うのは気持ちがいい」

正直な感想を漏らすと香蘭は南へ向かった。


新銭の地へたどり着くとそこにも偽者たちはいなかった。

ただし、詳細な情報を入手することができた。

新銭の地には絵師がおり、彼に似顔絵を描いて貰えたのだ。

するすると絵を描く絵師。

偽白蓮はかなりの男前であるが、本物と違って線が細かった。一方、偽香蘭のほうはあどけなさが残っており、そばかすがあった。胸はやはりどっこいどっこいのようだ。

「これならばわかりやすい。このふたりの人物を捕まえればいいのだな」

絵師にお金を払って絵を譲って貰い、香蘭はやる気をみなぎらせる。

「次の街辺りで捕捉できればいいのですが」

「その前にこの街でも医療のやり直しだ」

間違った煎じ薬を渡されたものにちゃんと効く煎じ薬を提供する。皮膚病のものや外傷のあるものには陽家秘伝の軟膏を渡す。

村人たちは例外なく感謝してくれたが、偽者たちを恨んではいないようだ。

あのふたりは一生懸命に医療を施してくれた、と口々に言う。

「色々な村から話を聞いているが、ふたりはぼろ儲けするために医療を施しているわけではないようだな。一応、患者のために動いている」

「みたいですね。でも、腕前の割には治療費が法外すぎます」

「その点は擁護のしようがないか」

まだ会ったこともない偽者だが、その足跡を辿っているとどうにも感情移入してしまう。未熟とはいえ、病や怪我に苦しむ人々に真摯に相対する様を思い描くと悪人と切り捨てることはできなかった。

「まあ、まずは会って話し合いだな。陸晋、いきなり蹴り掛からないように」

「僕はそこまで好戦的ではありませんよ」

白蓮の偽者がいると聞いたときは鼻息を荒くしていた少年の言葉ではなかった。陸晋は普段は温厚だが、ことが白蓮に及ぶと平静を保てない節がある。そこは年長者として香蘭が自重を促すべきところだと思った。

新銭の地でしばらく治療を施したあと、さらに南下した。

すると桂央という地で医療行為をしている偽白蓮一行がいるという情報を得る。

香蘭と陸晋は互いに顔を見合わせる。

「いよいよ、偽者と対面ですね」

「この絵の人相の二人組を探せばいいのだな」

そのようなやりとりをすると似顔絵を持って町中を捜索する。

ほどなく偽白蓮たちが泊まっている宿を突き止めることができた。

「なかなかに上等な宿じゃないか」

「医療行為で金を稼いでいますからね」

「しかし、それも今日まで。ふたりを説得するか、役人に突き出すか」

それは会ってから決めることであるが、ともかく、ふたりは勇躍して宿に乗り込んだ。

そこで偽白蓮たちが帰ってくるのを待つふたりであるが、いくら待てども戻ってこない。もしかして自分たちの存在を察知されたのかと不安になり始めたとき、偽者は町の妊婦の出産に立ち会っているという情報が入った。

香蘭たちは急いでその場に向かう。

するとそこにいたのは今まさに妊婦の腹を切り裂こうとしている偽白蓮だった。

「帝王切開をする気なのか」

偽白蓮のおぼつかない手つきを見ているとはらはらしてくる。たまりかねた香蘭は偽白蓮から短刀を奪い宣言した。

「手術はこのわたしが執り行います」

いきなり出てきて患者を奪われた偽白蓮は激高する。

「女、貴様なにものなのだ。俺はこの国一番の名医白蓮であるぞ」

「――その偽者でしょう」

「な、なにを根拠にそんなことを言うのだ」

盗っ人猛々しく憤慨する。

「根拠は〝わたし〟が白蓮殿の本物の弟子だからです」

そのように言うと偽者は途端に青ざめた。

彼の横にいた偽香蘭はもっと露骨に驚愕している。

「師に代わって我らの名を騙るものを懲らしめに来ました。――しかし、それはこの妊婦の出産が終わってからです。この娘をなぜ、帝王切開しようとしているのですか」

「予定日を過ぎても生まれる気配がないからだ。それにどうやらこの娘の子は逆子らしい」

「なるほど、良い判断だと思われますが、帝王切開の経験は？」

「……ない」

正直に語る偽白蓮。

「わたしは師の横で何度も帝王切開を見てきました。それに一度だけですが、執刀した経験もある」

「ならばおまえが帝王切開をするということか」

「それが最善でしょう」

そう言い張ると、偽白蓮はしぶしぶ患者を譲った。

「ありがとうございます」

陸晋と共に手術の準備を始める。

お湯を沸かし、手術道具を煮沸消毒し、麻酔をして効き目を確かめたあと、妊婦の腹を切り裂いた。

身体(からだ)に負担をかけないよう時間をかけず、胎児を取り出す。赤ん坊は「おぎゃああ」と元気な産声を上げる。

子供を取り上げたあと、手早く処置を済ませ、しばらくして目覚めた妊婦に声をかけた。

「立派な男の子ですよ」

そう告げると妊婦は破顔した。彼女は子供に、香蘭にちなんだ名前を付けたいという。香蘭は父の名前を口にし、「中原国で一番立派な志を持った医者です」と伝えると、妊婦は子に新元(しんげん)と名付けると香蘭に約束した。

そのように患者と心を通わせていると、いつの間にか偽白蓮の姿が見えなくなっていることに気がつく。

「しまった。逃げられたか」

考えてみれば当然か。自分たちが捕まるのを悠長に待っているものなどいようはずがなかった。

これではまた振り出しに戻ってしまうではないか、そう肩を落とす香蘭であったが、そばかす顔の少女だけは逃げずにいた。それどころか香蘭のほうに近寄ってくる。

「偽者のわたし……」

そのようにつぶやくと偽者の陽香蘭は頭を下げた。

「すみません。兄がご迷惑を掛けてしまって」

なんと偽者の白蓮と香蘭は兄妹(きょうだい)であった。意外な事実に驚くが、妹のほうはもう逃げ切れないと観念したようだ。

「はい、わたしたちはたしかに白蓮様とその弟子の名を騙り医療行為を繰り返していました」

そばかす顔の少女は素直に認めた。

「……無論、わたしたちは神医ではありません。さらに言えば医道科挙の免状もありません」

「それは違法行為です。──もっとも我が白蓮診療所も同じですが」

「ですが、白蓮様と香蘭さんはたしかな腕を持っています。そこが兄と違う」

「あなたの兄上はなぜ、偽白蓮を騙っているのですか」

「お金が必要なんです。わたしたちの村は飢饉にさいなまれていて……」

「困窮した故郷を救うためにお金を稼いでいたんですか」

「はい、そうです。兄は昔、本物の白蓮様に治療していただきました。多額の医療費が掛かったのですが、見事、病を治癒してくださったのです」

「そのときに白蓮殿にあこがれの感情を持ったと」

「そうです。白蓮様に治して貰った自分にならできる、そんな根拠のない自信を持ってしまって」

「白蓮殿はこの中原国にひとりしかいない神医です。その真似をするのは神を目指すのと同義です」

「はい。兄は手先は器用ですが、神仙ではありません。見よう見まねで医療を施していますが、白蓮様の一〇〇分の一も技量がない」

「なんとかお兄さんに改心して貰いたいのですが」

「村を救うお金が貯まるまで兄は医療行為をやめないでしょう」

そう言って偽香蘭は溜息を漏らした。ちなみに彼女の名は百葉という。

「あなたはもう医療行為をやめてくれるのですね」

「はい。わたしはもともと、兄のように勇気はありません。医道の勉強もしていないのに人様に医療を施すなんて無理です」

「それはよかった。それじゃあ、兄上を捕まえて説得してください」

「はい。それは構いませんが、兄はなかなかにしたたかです。容易に捕まえることはできないでしょう」

「たしかにさっきもどさくさに紛れて逃げられてしまった」

「しかし、その妹であるあなたがこちらに付いてくれるのは有り難いです。次の目的地が分かる」

「兄は南都を目指しています」

「南都ですか？」

「はい。都のほうが多くのお金を稼げると思っているようです」

「骨折り損のくたびれ儲けですね。南都で待っていれば偽者は現れたんだ」

「しかし、南都は広いです。なかなか捕捉できないかもしれません」

「そうですね。兄もさすがに白蓮診療所がある貧民街は避けると思いますが」

「ならば高級住宅街で張っていればいいのかな」

ここで話していても仕方がない。香蘭と陸晋は百葉を連れて南都へ戻る。

そこで偽者探しに協力してくれそうな人物に声を掛けることにした。

†

香蘭は南都で顔が利く。白蓮診療所で長年医療に携わっているからだ。

様々な人物と邂逅を重ね、人脈を培ってきたのだが、それが報われるときが来た。

香蘭は貧民街の奥底に向かうとそこで俠客の長と会った。夜王と呼ばれるやくざものと接触を図ったのだ。

夜王は昼間から酒を飲みながら賭博に興じていた。

香蘭を見かけるなり、

「半と丁、どちらがくると思う？」

と問うた。どうやら賽子賭博に夢中のようだ。

ここでの発言は重要だ。負けのほうを答えたらへそを曲げ、偽者探しに協力してくれないかもしれない。

そう思った香蘭は陸晋と百葉に尋ねる。

「丁と半、どちらがくると思いますか？」

純真な彼らは困惑するが、それぞれに「丁」と「半」と答えた。答えが割れたので戸惑ってしまう。結局は香蘭が丁か半か答えなければならないのだ。見かねた陸晋が今までの結果を聞く。

夜王は鷹揚に答えてくれた。

「今のところ半半半丁半半半だ」

「半ばかりだ」

「ならば次も半なのではないでしょうか？」

百葉は控えめに言った。

「いやいや、今度こそ丁がくるかもしれませんよ」

陸晋は惑わしてくる。

「うーん、運否天賦が問われるな……」

香蘭は頭を悩ますが、賭場に参加しているものはいらだちながら香蘭を見ている。早く張れと視線を送っていた。

こうなればやけだ。そう思った香蘭は「丁」に賭けることを提案した。

「なぜ、丁なのだ？」

「割り切れるからです。わたしは割り切れないことが嫌いなのです」

「相変わらずまっすぐな娘だな」

俠客の王はふふと笑う。

「しかし、半のほうが場を支配しているぞ」

「わたしは白蓮殿に数学という学問を習いました。たとえ半が一〇度続こうが次に丁が出る可能性は五割です」

「なるほど、白蓮の弟子らしい答えだ。それじゃあ、丁に金一〇枚を賭けよう」

「金子一〇枚⁉」

陸晋と百葉は息を呑む。肝が据わっている香蘭は些かも動じなかった。

「ここで負けて夜王殿に嫌われてもそれは天命です。我々はもはや運に頼るしかないのです」

「相変わらず気っ風のいい女だ。白蓮の女でなければ愛人にしたいくらいだ」

「わたしは白蓮殿の女ではないですし、夜王殿の愛人にもなりませんが、この勝負勝ってみせますよ」

絶対の自信をのぞかせる香蘭、つぼ振りが賽子をつぼに投げ入れ、賽の目が披瀝(ひれき)される。はたしてそれは二と四だった。偶数、つまり丁である。

それを見た夜王は歓喜する。

「よくやった、香蘭よ、おまえのおかげで今日の負け分は取り戻せた」

「金子一〇枚も賭けていたのですか」

「俺の博打(ばくち)哲学は博打は勝つまでやれば負けない、だ」

「わたしの哲学は博打はやらない、です。今日だけですよ、こんなことをするのは」

「おまえのような強運の娘がいれば連戦連勝なのだがな」

夜王は名残惜しげに言うと今日は勝ち逃げだ、と賭場をあとにした。そして隠れ家に戻ると香蘭の話を聞いてくれた。

「なんだ、白蓮に偽者が現れたのか」

「はい。未熟な医療で師の名を貶(おとし)めています」

「そいつを捕まえて拷問するのが俺の役目か」

「拷問までするのは避けていただきたいのですが、二度としないと誓わせたい」

「ならば拷問が一番だと思うがな」

「それは見解の相違ですが、なんとか偽白蓮を捕まえる手伝いをしていただけないでしようか」

「博打の勝ち分としてただで依頼を受けてやりたいが、生憎と赤幇は忙しくてね」

「忙しいというと？」

「最近、うちのショバを荒らす対抗勢力がやってきたんだ」

「またですか、息つく暇もありませんね」

またとは以前も似たようなことがあったからだ。

以前、夜王率いる赤幇は猪頭会と呼ばれる組織と敵対していた。そのときに香蘭が赤幇に助力をしたという経緯があるのだ。夜王はあのときのように香蘭に手助けを求めているのだろうか。

「そうだな。やくざもの同士の争いに堅気を巻き込むのは気が引けるが、おまえの知謀は白蓮に準じるものがあるからな」

「それは過大評価ですが、知恵くらいならば貸すことができるかもしれません」

「そうか。それじゃあ、これから向こうの組織と話し合うことになっている。おまえも俺の軍師として一緒に来てくれ。情婦のふりをしてな」

「情婦ですか……」

「俺はもっと肉付きがいい女が好きなんだがな」

「頼み事をしておいてそれですか」

「冗談だよ」

「ちなみに皇帝陛下に助力をお願いすることはできないのですか？」

「劉淵か」

「はい、そうです。あなたは陰で陛下の願いを叶え、陛下を支えてきました。役人を使って敵組織を壊滅させればいいのでは」

「そんな恥ずかしい真似できるか。自分の尻を拭けないあほうだと思われるだろう」

「なるほど、白蓮殿に相談しなかったのも面目を保つためですか」

やれやれ、と香蘭は嘆息を漏らす。男はどうしてこう面子というものにこだわるのだろうか。

「分かりました。その敵対組織とやらとの会談に列席しましょう」

「ちなみに敵対組織は明星という。キザな名前だろう」

赤帮も負けず劣らずですよ、白蓮殿の世界で言う中二病です、と皮肉を言いたかったが、ぐっとこらえると香蘭は夜王とともに会談の場所へ向かった。その前に夜王の情婦に扮装するが。

以前行ったことのある盗品を売買する店に連れて行かれる。そこで遊女のような格好をするのだ。胸元をはだけさせた着物に遊女風の化粧、それにかんざしも艶っぽいものを選んだ。

「胸がないものが胸元をはだけると荒涼とした砂漠を連想させるな」

夜王は余計なことを言う。

「余計なお世話です。しかし、扮装しても情婦には見えませんね」

「いや、逆に変わった娘として認知させられる。侠客の長たるもの並の女を連れていたのでは沽券に関わるからな」

「そのようなものなのですか」

「そのようなものなのさ。さて、親父、この服とかんざしを一式くれ。ツケでな」

こうして準備を万端に整え、香蘭たちは明星との会談に臨むべく貧民街を移動した。

「会談は敵地で行うんですか」

「まさか、俺はそこまで馬鹿じゃないよ。中立地帯で行う」

「ならば血なまぐさいことにはならないか」

「ふたりまで部下を連れてきていいという合意になっているので一騎当千の猛者を選んだ」

夜王がそう言うや否や、後方からにゅいっと阿修羅と金剛力士のようなふたりがやってくる。

「香蘭の姐御、よろしくおねがいいたします」

その見た目に反してとても礼儀正しい。

「確かに強そうだ。中原国三国志に出てくる猪蒙と殷羽のようだ」

「それは嬉しいたとえです。我らは古代の英雄のような無双の働きをしたいですから」

こわもての男はにこりと笑った。

「ちなみにわしは李功と申します」

禿頭の偉丈夫はぺこりと頭を下げる。

「おれは鯨府と申します」

と名乗ったのはボサボサ髪の大男だった。

香蘭は陸晋と百葉にここで待っているように伝えると、そのまま会談場所に向かった。

†

明星との会談場所は南都の貧民街の端であった。

端っこなので逆に町並みが小綺麗な場所であった。香蘭が住んでいる官民街にほど近い。

「ここで会談をするのですか」

「ああ、洋樹楼という食堂を借り切っている」

「あ、知っています。名店ですよね」

「ああ、そうだ」

「あそこは借り切りとかもできるんですね」

「赤幇の名前を出したら震え上がって店を貸してくれたさ」

「そういうのはよくないと思うんですが」

「店を貸し切りにせず刃傷沙汰に及んだらそれこそ店の評判に関わるだろう」

「それはそうですが。——まさか刃傷沙汰にはなりませんよね」

「それは敵次第だな。こっちは平和的な解決を望んでるよ」

「どの組織も平和的な解決を望んでいます。自分の主導権下の上に、ですが」

「違いない。しっかりとこちらが主導権を取れるように交渉しよう」

　夜王は洋樹楼の店内に入り、入り口近くの円卓の席に着いた。円卓を選んだのは上座も下座もないようにするためだ。やくざは面子で生きているので上座と下座があると揉めに揉めるのだ。しばらく待っていると、明星の連中がやってきた。

　明星の頭目と思われる男は顔に向こう傷があり歴戦の戦士を思わせるが、人相がとても悪かった。ふたりの部下も同様だ。

　もっとも人相で言えばこちらもどっこいであるが。夜王は眼帯をしているし、阿修羅と金剛力士の威圧感は半端ない。というか、明星の連中は夜王の圧力にビビっているようだ。明らかに挙動不審であった。

「……この男が南都の貧民街の王か」

明星のひとりからそのような言葉が漏れ出る。夜王はそれを自然に受け止めると悠然と言った。

「俺様が夜王だ。おまえらが奪おうとしているシマの王だ」

本物の王を感じさせる威厳に明星の頭目はひるんだ。

「お、おれは明星の頭目をしている栄生(えいせい)だ」

「生まれながらにして栄えると書いて栄生か。いい名前じゃないか」

「ああ、明日から南都の貧民街の新たな王となる。少なくとも南都の貧民街の半分はおれのものだ」

「でかく出たな。俺のシマでテキ屋や転売をするくらいなら大目に見てやっていたが、それ以上に進出してくれば赤幇の総力を挙げて叩(たた)かなくてはならなくなるぞ」

「もとよりそれは承知」

「抗争をするということか」

「まさか、そんなことはしない。平和的に貰い受ける」

「話にならないな」

そのようなやりとりをしていると食卓に料理が運ばれてくる。贅(ぜい)を尽くした料理だ。庶民ならば一生お目に掛かれないような山海の珍味が並べられる。

「北京(ペキン)ダックにフカヒレのスープ、佛跳牆(ファッチユーチョン)もある」

佛跳牆とは修行中のお坊さんも垣根を跳び越えてやってくるくらい美味(うま)いと評判の高級乾物のスープのことである。家が素封家の香蘭でさえ食べたことはない。思わずよだれが漏れ出るが、香蘭はかぶりついたりはしなかった。銀の匙(さじ)を取り出すとそれで佛跳牆をすくってみる。するとみるみるうちに銀の匙は黒く変色した。

「……毒です。食べないほうがいいかと」

それを聞いた夜王は冷酷に言い放った。

「なるほど、これがおまえたちの答えか」

栄生は青ざめるが、この期に及んで言いわけなどしなかった。

「っち、毒殺してやろうと思ったが、そううまくはいかなかったか」

「俺の情婦は医者でな。連れてきて正解だったよ」

「まったく、厄介な女を連れてきたものだ。こうなればその女もろとも始末してくれる」

言うが早いか明星の連中は剣を抜いた。

それだけでなく、料理を運んできた給仕までもが短剣を持って襲いかかってくる。だが、夜王を狙った短剣はいとも簡単に弾(はじ)かれた。

「香蘭、下がっていろ」

「無論です。わたしは荒事になるとなんら役に立ちません」

偉そうに香蘭はそう言い放った。

「そんなのは分かってるさ。今回は毒を見破っただけで大手柄だ」

ありがとうございます、と言う間もなく洋樹楼の奥から次々と刺客が現れる。どうやらこの店は明星に買収されているようだ。

「この夜王も舐められたものだな。もしも生き延びて戻ったらきっちり報復させて貰う」

夜王はそのように言うと、新たに現れた敵を蹴り飛ばした。阿修羅こと李功と金剛力士こと鯨府は明星の三人をその場に押さえとどめている。明星のほうも歴戦の荒くれ者を動員してきたようだ。五分の勝負を繰り広げている。

新たな手勢と明星の初期戦力を考えると赤幇側が不利のような気がしたが、香蘭は手をこまねいてその状況を見守ったりしなかった。荒事は苦手であるが、〝慣れている〟のである。香蘭は懐からふたつの玉を取り出すとそれを明星の手勢めがけて投げた。

ひとつは南蛮から輸入した胡椒を詰め込んだ玉だ。これを食らったものはくしゃみが止まらなくなる。

もうひとつは酢酸を詰め込んだ玉だ。酢酸が目に入るとしばし視界を失う。

師が作り方を伝授してくれた香蘭特製の玉は状況を一変させた。拮抗していた戦局を一気に崩したのである。

香蘭の活躍によって次々と明星の刺客を倒すと店の出入り口まで動線ができた。撤退の機会を得ることができたのである。

夜王は勇猛果敢な裏社会の王だが、冷徹怜悧な軍師的な側面も持っていた。数的劣勢を覆せないと悟ると、そのまま撤退を指示する。

李功と鯨府は応戦しつつ出入り口へと後退を始めた。

夜王はちらりと香蘭を見る。まずはおまえから逃げろという合図であった。

戦力外の香蘭から逃げるのは正しい選択肢だろう。だが、香蘭は誰よりもとろくさかった。途中で敵に追いつかれてしまう。手元にはもう胡椒玉も酢酸玉もなかった。絶体絶命の危機であるが、この期に及んで白馬に乗った王子が現れる。

いや、黒馬か。

黒衣を纏った神医は、流麗にメスを振るいながら血路を切り開く。

「白蓮殿⁉　どうして」

「陸晋に聞いたからだ」

見れば白蓮の後方で敵に掌底を打ち込んでいる少年がいた。

「陸晋！」

「香蘭さんが心配で白蓮先生を連れてきてしまいました」

「最良の判断だ」

香蘭はそのように賞賛すると白蓮の後ろに隠れた。

そのまま彼らに守られる形になりながら撤退を始める。そして、命からがら赤幇の本拠地に戻り着いた。

そこで出迎えてくれたのは呂帯という名の男だった。

「香蘭の姐御、無事でしたか」

「呂帯か、わたしは無事だ」

「夜王はどうなんすか？」

この問いに答えたのは夜王本人だった。

「俺があの程度の連中にやられるわけがないだろう」

傲岸不遜に言い放つ夜王。

「さすがは夜の王っす。尊敬します」

呂帯はそのように言うと、次いで憤慨する。

「明星の連中は想像以上に卑劣っすね」

「だな。しかし、逆に助かった。これでやつらを徹底的に叩く口実ができた」

「お、全面抗争っすか」

「ああ、そうだ。全員に招集を掛けろ。殴り込みだ！」

猛々しく命令を飛ばす夜王、李功、鯨府、呂帯はその熱に感化され、拳を振りかざすが、香蘭はそこに冷や水を差す。

「お待ちください。抗争はよろしくありません」

「なんだ。香蘭、この期に及んで平和論か」

女だな、と続けるが、戦を嫌うのに男も女もない。兵法にあるのだ。最高の勝利とは戦わずして勝つことだと。

「夜王殿、戦をするのは下策にございます。戦わずして勝つことが最上」

「しかし、向こうが喧嘩を仕掛けてきたのだ。ここでやり返さねば舐められる」

それを聞いた白蓮が嘆息する。

「やくざの世界は本当に面倒だな。香蘭は全面抗争などしなくても敵の頭を捕らえればどうにでもなる、と言っているのだ」

「なるほど、たしかにそうだが、明星の首領は居場所を常に変えている。捕捉はできまい」

「いえ、今ならできます」

「なんだと？」

夜王は驚愕する。

「いったい、どうやって敵の根城を探るというのだ」

「先ほどの戦闘の最中、わたしは敵の首領栄生に向かって血糊がたっぷり付いた玉を投げておきました」

「なんと」

「つまり、そのしたたる血のあとを追えば栄生の居場所に辿り着けるということなんですね」

陸晋は得心しながら言った。

「そういうことです」

「そいつはいい情報だ。さっそく、うちの精鋭を見繕おう」

夜の王はそのように言うと李功や鯨府に並ぶ武辺者をかき集めてきた。

彼らが揃う(そろう)と夜王は言った。

「目指すは敵将の首のみだ。栄生を討ち取ればそれでよし」

香蘭としては降伏するのならば栄生の命を救ってやってほしかった。しかし、それは甘っちょろい素人の考えなのだろう。差し出口は挟まなかった。その様子を見ていた白蓮は苦笑を漏らす。

「我が弟子もなかなか大人になったではないか。敵に居場所が分かる目印を付けた上に命を取っても怒らなくなった」

「祖父には清濁併せ呑む人間になれ、と育てられましたから。父もそうです。ですが、やっぱりいけませんね。どのような場面でもまず医者として思考してしまう」

「いいや、おまえはそれでいいんだ。俺みたいに賢しい人間になるな」

「白蓮殿のような知謀の才があればわたしはより多くの人を救えるかもしれないのに」

「おまえは救ったではないか。もしも赤帮と明星が全面抗争になればその死傷者は一〇〇を超えるだろう。おまえがたったひとりを始末することで収めるよう説得したおかげで、その数を劇的に減らしたのだ」

「以前、白蓮殿にトロッコ問題について習いました」

「そういえばそんな話をしたな」

「Aという個人を見放せば、Bという集団を助けられる場合、Aという個人を見捨ててもいいのか」

「そうだ。これは俺たち医者が往々にして直面する識別医療に通じるものがある」

「しかし、実際に見捨てるほうは懊悩（おうのう）します。自分のやっていることは本当に正義なのだろうか、と――」

「そうだな。そこで苦悩しないのならば医者をやる資格はないだろう。つまりおまえは正真正銘の医者ということだ」

まだ、見習いだがな、と苦笑しつつ付け加える白蓮。

香蘭は白蓮の表情を見入ってしまう。この師はいつも香蘭を正しい場所へ導いてくれる。陰ながら助力をし、最良の医者となるようにいざなってくれるのだ。香蘭は白蓮のような師を持てたことに深く感謝した。

結局、その後、夜王は精鋭集団を率いて明星の首領を襲撃した。隠れ家で情婦と情愛を結んでいたところを討ち取ったのだ。その際に首領の護衛などを倒し五名ほどの死者が出たが、今回の騒動の死人は六人で済んだと言い換えることができるかもしれない。

そのように割り切らねば香蘭はこの辛い渡世を生きることはできなかった。

†

「陽香蘭、よくやった」

夜の王は改めて香蘭を賞賛すると酒杯を掲げた。

勝利の宴に招待されたのだ。

香蘭は宴を楽しむ気にはなれなかったが、そもそも夜王のもとへやってきたのは頼み事をするためであった。その絶好の機会を逃す気などさらさらなかった。

香蘭はほろ酔い気分の夜王に改めて切り出した。

「夜王殿、これで赤幇も暇になったでしょう。どうか、その組織力をお貸しください」

「そういえば南都でおまえの師を騙る偽者を探せとのことだったな」

「はい、そうです。この南都は広いですから、わたしたちだけで発見するのは困難です」

「無論、約束は守ろう」

夜王は上機嫌に言うと、呂帯に向かって二、三指示を飛ばした。

呂帯は「了解っす」と宴の席を抜け出していった。

「あのものは性格だけでなく、仕事ぶりも軽妙ですね」

香蘭は酒杯に口を付けながら漏らした。

「ああ、あいつは赤幇でもなかなか役に立つやつだ」

「三斗麦道の件のときに仲良くなりました。密偵としてなかなか腕が立ちます」

「そうだな。喧嘩は俺より弱いが調べ物は得意だ」

そのようなやりとりをしていると、不意に夜王は声を低めて申し訳なさげに言った。

「……医者に人殺しの手伝いをさせてしまったな。もしも地獄があるとしたら俺はそこに落ちるだろう」

「先に行って様子を探っておいてください。地獄も案外住みやすいかもしれません」

「地獄の獄卒を手下に加えておくか」

そう笑い合ううち、宴もたけなわになり祝勝会は終了した。

――数日後、白蓮診療所に赤幇の呂帯がやってきた。

「香蘭の姐御、ちーっす」

と軽妙な挨拶をする。香蘭は患者の傷を診ている最中なので真面目な表情で何事ですか、と尋ねた。

「なに言っているんすか、偽白蓮の手がかりが摑めたんすよ」

驚きのあまり香蘭は手元を狂わせる。赤チンを塗られていた患者は悲鳴を上げた。

「あ、すみません」

「こ、香蘭先生勘弁してください。ただでさえ白蓮先生より頼りないのに」

「ごもっとも」

香蘭の医療の腕前は白蓮の遥か下、ならばせめて真剣に診療しなければ患者に悪かった。

なのでまずは診療を終えてから話を聞くと呂帯を待たせた。

呂帯は陸晋がもてなしてくれる。

香蘭が診療を終えて応接間に向かうと、そこには陸晋と百葉もいた。

「兄さんの居場所が分かったと聞いて、いてもたってもいられなくなりました」

とは妹の百葉の言葉だが、なんとか兄を改心させたいらしい。

その願いを叶えるために香蘭は呂帯から情報を聞き出した。

呂帯は惜しみなく情報を教えてくれる。

「偽白蓮こと百賀は南都で金持ち相手に治療費を巻き上げているようですね。先日は麻布商の家に潜り込んで娘の出来物を取ったとか」

「成功したのですか?」

「いや、出来物自体は取れたみたいですが、化膿させてしまってかえってひどい状態にしてしまったとか」

「衛生観念がないんだな」

　こちらの世界の医者では珍しい例ではなかった。

「それで今はとある材木商の家に潜り込んでいるとか。腹の中に出来物ができた商人の腹を切りさばくと息巻いているみたいっす」

「開腹手術はさすがにまずい。死人が出るかもしれない」

「なんとか偽者であることをその商人に伝えないといけませんね」

　陸晋はそのように言うが、百葉は溜息を漏らす。

「妹のわたしが言うのもなんですが、兄は口八丁手八丁で人を丸め込むのが得意なんです。先方の商人は兄のことを本物の白蓮様だと信じていることでしょう」

「ともかく、その材木商のところに行きましょう。こちら側が本物であると信じて貰わねば」

「それが最善ですね」

意見が纏まると、香蘭と陸晋と百葉は早速材木商の家へ向かった。

「材木商といえば、香蘭さんのご友人に材木商の娘さんがおられましたよね」

「ああ、董白ですね」

「最悪、その方にご足労いただいて我々が本物であると証言して貰いましょう」

「そうだな。それがいい」

そのようなやりとりをしながら往来を急ぎ足で進み、件の材木商の家に辿り着く。なかなかに立派な屋敷で裕福な商人であるとすぐに分かった。まず家人に話を通し、家に滞在している医者が偽者であることを伝える。すると家人は驚き、主人のもとへ案内してくれた。

材木商は太鼓腹の壮年の男で、病人ではあるが胆力があふれているように見えた。彼に事情を説明する。

「あなたの家に潜り込んでいるのは偽者の医者です。どうか治療を受けないようにお願いします」

そのように頼み込む。これで一件落着かと思ったが、材木商は思わぬことを口にした。

「偽者か本物かなど関係ない。わしは白蓮を名乗るあのものを気に入ったのだ。腹を裂かねばならぬとしたらあのものに命を託したい」

そう言い放ったのだ。

「それはいけません。偽者の医者なのですよ」

「本物の医者ならば一〇割の確率で助かるのかね？」

「それは……」

　言いよどむしかない。

「あの青年はわしを救おうと必死になってくれている。仮に偽者だとしても多くのものを診ている熟練者であろう。わしはあのものに手術を任せたい」

　そこへひょいっと顔を出したものがいた。件の偽白蓮の百賀だった。

「誰かと思えば我が妹ではないか」

「兄さん！」

　百葉は駆け寄り、説得する。

「兄さん、もう白蓮様のふりをするのはやめましょう。わたしたちの医療は未熟よ」

「未熟かもしれないが、俺はこの手で多くの人を救ってきたんだ。それに俺たちの村を救うには金がいる。飢饉で何人飢えていると思っているんだ」

「たしかにそうだけれども……」

「それに俺はそれなりに腕を上げた。腹の中の出来物くらい取り除ける」

　そう言い放つと、偽白蓮は悪びれもせずに手術の準備を始めた。

「……まったく、話の分からない男だ」

香蘭は歯がゆく思ったが、患者を説得することができず、助手役を買って出る。

「本物の白蓮殿には香蘭という助手がいます。あなたと一緒にこの商人を治しましょう」

「不要だ」

百賀は不遜に言ってのける。

「これ以上手前勝手なことをすると役人を連れてきますよ。あなたは無免許医だ」

百賀は「ぐぬぬ」と歯ぎしりをすると「分かった」と妥協をした。

百賀は手術道具の手入れを始める。観察するとメスはこの国で用いられているもののようだ。白蓮の持っている東方の蓬萊製の逸品ではなかった。当たり前か、あのメスを持っているのは中原国でも白蓮しかいないのだ。しかし、それでも他の手術道具もこの国の一般医師の水準に適うものであった。

「なかなか見事な道具ですね。すべてちゃんと手入れされている」

「いい医者は道具を大事にするからな」

「まったくの藪医者ではないようですね。しかし、なぜ、師の名を騙るのです」

「俺自身は白蓮に救われたが、母は白蓮診療所の無料診療を受けられずに死んだ。あのとき抽選に当たっていれば母は死なずに済んだ」

「そのような理由が……」

「ああ、俺が白蓮の名を騙るのは復讐なんだ。やつの評判をこれでもかと落としてやりたい」

「しかし、患者への対応は真摯です」

「…………」

まだ知識も浅い。だが、真っすぐな百賀に香蘭は感心した。

「あなたの手術道具を見れば分かります。あなたは未熟ながらもその腕で多くの人を救いましたね」

「……俺は白蓮のような悪徳医師じゃないからな」

「耳が痛いです。しかし、師の医療報酬が高額なのには理由があるんです。例えばですが、このメスを使ってみてください」

そう言い、香蘭が念入りに消毒したメスを百賀に渡す。彼はそれを使って香蘭の麻酔によって深い眠りについた材木商の腹をさばいた。

「こ、これは……!?」

「すごいでしょう。それは蓬萊という国からやってきた名工に鍛え上げさせたものです。それ一本で一家が数ヶ月は食べられるくらいの値段がします」

「そんなにするのか」

「ええ、そうです。それに白蓮殿は生薬を得るために山林を持っています。それを手入れする人足も雇っています。またこの世界にはないような薬や医療道具を作り出すのにも多額の金を使っているのです」

「……分かっているさ。医療に金が掛かるのは。白蓮のような評判の医者がすべての患者を診る暇がないことも」

そのように言いながら百賀は手術を続ける。

「……しかし、それでも感情が納得しなかった。俺の心が納得しなかった。俺の母を特別扱いして治してほしかった」

「その気持ち分かります」

白蓮は月に一度、無料で医療奉仕をしているのだが、診察を受けるにはくじに当たらなければならない。抽選の前日から長蛇の列ができて陸晋がそれをさばくのに苦心しているのを何度も見た。そして抽選に外れて肩を落とす患者を無数に見てきた。

昔、ある患者に面罵されたことがあった。

「白蓮は患者に優劣をつけるのか⁉ 金持ちと貧乏人では命の重さが違うのか‼」

心をえぐられるような気持ちを味わったのだ。

香蘭は肩を落としながらも材木商の腹の中を見た。

たしかに腫瘍がそこにあった。しかし、大事な臓器に癒着した腫瘍であり、容易に取り除けないことは明らかだった。

「……百賀殿、あなたの腕前でこの手術は無理です」

「ならばおまえはできるのか」

「わたしの腕前でも無理です。ここは諦めましょう。下手をすれば患者を殺してしまうかも」

「しかし、取り除けば患者の命は長らえる。腹を閉じれば枯死してしまうだけだ」

百賀はそのように言うと、材木商の腫瘍にメスを入れた。

取り除かれる腫瘍。百賀は手術に成功したように思われた。――ほんの一瞬だけだが。

腫瘍を取り除くと臓器の裏側にまだ腫瘍があることが判明した。

「く、くそ、さすがに俺ではこの出来物は……」

難渋していると、そこに颯爽と現れたのは黒衣の男だった。

開口一番、男は毒舌を発する。

「俺の偽者ならばもっと根性があると思ったが、どうやらそこまでのようだな」

声だけでそれが誰だか分かったが、香蘭は思わずそのものの名を口にする。

「白蓮殿！」

「そうだ。本物の白蓮だ」

その言葉に、敵意を宿した偽白蓮の鋭い視線が本物に突き刺さる。

「この男が本物の白蓮」

「偽者より男前だろう」

白蓮は不遜に言い放つ。

「おまえが母を見殺しにした」

「おまえの母だけじゃない。何千、いや、何万もの人を見殺しにしてきたよ」

「…………」

「俺が救えるのは俺の目の前にいる患者だけだ」

白蓮はそう言うと、材木商の手術を引き受けると言い出した。

「おまえならばこの患者を救えるというのか」

「ああ、俺ならば余裕で救える。これもなにかの縁、俺が手術をしよう」

そのように言うと百賀の横に陣取る。

「いいか、偽医者。ようく見ていろ。手術ってのはこうやるんだ」

俄(にわ)かに白蓮は真剣なまなざしとなる。戯(おど)けた雰囲気は絶無となる。

ただただ機械のように正確な手さばきで腫瘍を切除していく。

「周りの器官をまったく傷つけずに出来物を取り除いていく……」

ごくり、と唾を飲む百賀、香蘭もまた感嘆の表情で師の手技を食い入るように見つめる。

「これが神医の実力……俺とは比べものにならない……」

百賀は両膝をつき、己の非才を嘆く。

「いいや、おまえに才能がないんじゃない。俺が最高なだけだ」

神にも挑むような不遜な台詞だが、白蓮が言うと大言壮語に聞こえないから不思議だ。

「一〇〇分の一、いや、一〇〇〇分の一でもいい。俺にもあんな才能があれば……」

涙ぐむ百賀に香蘭は声を掛ける。

「その気持ちがあるのならば次の医道科挙を一緒に受けましょう。無論、一回で合格するような容易な試験ではありませんが、あなたならばいつか必ず合格する」

「俺が医道科挙を……？」

「はい」

「しかし、俺は医道を通じて人を救い続けたいのだ。それに村を救うために金がいる」

「村の件ならばわたしにお任せください。わたしは皇帝陛下の御典医なのですよ」

「なんと」

「陛下は慈悲深いお方、凶作で苦しむ村を放置するわけがありません。わたしが相談し、食糧援助をすることを約束しましょう」

「本当ですか⁉」

百葉と百賀は驚く。

「県令にいくら陳情しても駄目だったのに、こんなに簡単に解決するなんて」

「人間、縁が大切ということです。わたしはあなたの手術の姿勢に仁を見いだしました。仁義のある医者を見捨てることはできない」

「有り難いことです」

「ただで医療を学びたいのならばわたしの知り合いに夏侯門という宮廷医がいます。貧民街で無料で医療を施している仁者です。白蓮殿のような西洋医学は用いませんが、この国古来の医道には精通している。仁の医療を学ぶのにこれ以上の人はいない」

「その方を紹介してくださるのですか」

「ええ、先方も医道を施せる人材を探しているはず。わたしが紹介状を書きましょう」

「なにからなにまでお世話になってしまって……」

百賀は頭を下げる。

百葉もこの段になってさらに恐縮している。

「わたしはこんな素晴らしい方の名前を騙っていただなんて。ああ、なんと恥ずかしいことでしょう」

「わたしより胸が大きいのでいい風聞が立っていることでしょう」

そのような冗談で場を和ませると、香蘭はその場で夏侯門宛に紹介状を書き始めた。

それを黙って見ていた白蓮は溜息を漏らす。

「おまえは俺たちの偽者を懲らしめに行ったのではないか」

「懲らしめましたよ。夏侯門先生のところは忙しいです。寝る暇もなく患者を診なくてはなりません」

「本来ならば役人に突き出しているところだったのだぞ」

「無免許で診療しているのは我らも同じです。どの口で役人に告げ口できましょう」

「この口でするつもりだったさ。これでも皇帝の友人でな」

「白蓮殿が権道を用いるなど珍しい」

「こう見えても昔は宮仕えだったんだ」

　そのようにうそぶくと白蓮はそのまま材木商の家族に手術代をせびりに行った。やはり吝嗇家の白蓮はただでは動かないのである。まあ、手術の代金は材木商も納得済みなので遠慮なく受け取ると、香蘭と白蓮は陸晋を連れて診療所に戻った。

　そして再び始まる日常。日々金持ちに、そしてときたま貧乏人に医療を施しながら香蘭たちは病苦にあえぐ人々を救った。中原国の人口からすればその数はごく僅かであるが、その個々人それぞれに人生があり、その人生をよりよくしているのだと実感するとなんだかとても誇らしかった。

二十二章　五度目の医道科挙

中原国で医者になるのには三通りの方法がある。

ひとつは医道科挙と呼ばれる試験に合格すること。これが正式な方法だ。

もうひとつは医道科挙に合格したものに師事し、実務を一〇年以上経験する。これは准医師と呼ばれ、過半の医師がこれにあたる。

そして三つ目は試験も実務も無視して宮廷お抱えの医者になること。

これは香蘭の師匠である白蓮がそれにあたる。白蓮は医道科挙に合格できる実力を持っているくせに医道科挙を受ける気はさらさらないようだ。

その理由は四書五経を読み込むのが嫌だからなのだとか。

「俺は医者だ。そんなものを覚えたくない」

「しかし、白蓮殿の住んでいた国では医者になるのにも他国の言葉を学んだり、数学を学ぶと聞きましたが――」

「ああ、だから学生時代に忍耐を使い果たしたんだ。今さら役に立たない受験勉強など勘弁願いたいね」

「それではずっと白蓮診療所は無免許診療所と揶揄されます」

「夜王と皇帝のおかげで無免許をとがめるものは少ないよ。もつべきものは権力者の友人だな」

「まったく、白蓮殿は横着です」

「ああ、俺は生来のなまけものなのさ。——というか俺のことよりおまえのことはどうなんだ。もう年が明けたぞ」

「そうですね。今年も試験のときがやってきました」

「今年こそ期待していいんだろうな」

「もちろんです。今年は女人枠が撤廃されます。つまり合格の可能性が高まるということです」

「劉淵はそこまでお膳立てしたのか。これはおまえを家来にする気満々だな」

「そうですね。女人枠撤廃はわたしのために設けてくれた特権だと思っています」

「うむ、しかし、ずるではない。元々が不公平すぎたのだ」

日本という国の医療関係の試験でも同じように女性が差別されることがある。体力がない、産休を取るなどという理由から女子の合格基準が高く設定されていた事案もあるのだ。民主主義を標榜する近代国家でさえそうなのだから封建主義的なこの世界では男女同権などという思想はほぼない。

「それに風穴を開けたのだから劉淵はなかなかの傑物だ」

「そうですね。今回の試験は伸び伸びと受けられそうです」

「まあ、時間に余裕があるのならばその分診療所に来いよ。ただでさえ医者の手が足りないのだから」

「もちろんです。医道科挙は医道科挙、白蓮診療所は白蓮診療所。どちらも手を抜くつもりは毛頭ありません」

そのように宣言すると師は微かに笑ったが、以後、しばらく師の微笑む顔を見ることはできなかった。

師が不機嫌になったわけではない。

物理的に師と接触することができなくなったのだ。

なんと白蓮が誘拐されてしまったのだ。

翌日、香蘭が白蓮診療所に出勤すると診療所は嵐に見舞われたかのように滅茶苦茶になっていた。そして陸晋がぽつりと立っており、「白蓮先生が誘拐されてしまいました」と漏らした。

香蘭は呆然とする。

師の安否に心を痛めると同時に、県試の期日が迫っていることに気がついたのだ。

県試とは医道科挙の一次試験で、これに合格しなければ次の試験に進めないのである。

香蘭は誘拐された師を救うべく動きながら医道科挙を受ける、という難題に挑まなければならなくなった。

それは大変な難事であり、石ころひとつで猪(いのしし)を狩るかのような所業であった。

しかし、香蘭は師の奪還も医道科挙もおろそかにするつもりはなかった。

†

さて、白蓮は誰に誘拐されたのだろうか。

それを確かめるのが最優先であったので、事件当時現場にいた陸晋に尋ねてみる。

すると彼は詳細な証言をしてくれた。

「毛皮のようなものを着ていました。まるで異民族のような連中です」

「ふむ、そうなると北胡の連中がさらったのだろうか」

「その可能性は高いです」

「しかし、北胡の連中とはいえ白蓮殿を捕らえるとは相当に腕の立つ連中なのだろうか」

白蓮は常に短刀で武装している。生半可な腕前では捕らえることは不可能なような気がするのだが。

「それが、入院患者の女児を人質に取られてしまって、先生はなすすべなく投降したのです」

「鬼の目にも涙、白蓮殿にも人の心はあったのか」

「酷い言いようです」

「しかし、そうなると皇帝陛下や夜王殿の力が必要だな」

「そうですね。おふたりに助力を頼みましょう」

さっそく、香蘭は夜王のもとへ向かうと白蓮救出の助力を頼んだ。夜王は快く了承してくれた。赤幇の組織力を駆使して捜してくれると言い切った。

「白蓮と政治の悪口を言いながら酒を飲むのが俺の唯一の楽しみだからな。友人として全力を尽くす」

そのように断言する夜の王、一方、先日即位された皇帝陛下も、

「国の威信を懸けて白蓮を救おう」

と約束してくれた。

さらに劉淵は県試が迫っていることも気に掛けてくれる。

「それよりも香蘭、この時期に師が誘拐されるとは災難だな。今年の試験は辞退するか？」

「試験よりも師の安否が気になりますが、それでも医道科挙を諦めるわけにはいきませ

ん。師の奪還と医道科挙、両輪でこなそうと思っています」

「これまた難儀な道を選ぶ娘だな」

「はい。もしも白蓮殿がこの場にいれば、それくらいこなせないで俺の弟子を名乗るとはおこがましい、と言うでしょう」

「やつが言いそうな台詞だ。しかし、白蓮をさらったのは北胡と聞く。おそらくであるが、白蓮に医療をさせようとしているのではないだろうか」

　劉淵はそのような推察を述べる。

「そうですね。殺害しなかったということは、白蓮殿を拉致することが目的だったのでしょう。それはつまり白蓮殿の医療の腕を必要としているのかと」

「ならば白蓮の安全は保証されるのか」

「師が頑なに医療を拒否しなければ、ですが」

「そこまで愚かな男ではないはずだが、ときに意地を張るからな。あの男は」

「そうですね。しかし、今回は女児が人質にされています。それに白蓮殿は医者、強引にとはいえ病人を見せられて黙っている方ではございません」

「となると犯人の要求通りに医療を施せば解放されるのではないか」

「その可能性もありますが、逆に万が一死なせでもしたら殺される可能性もあります」

「やつは神医だぞ。失敗などするかな」

「神にも不可能なことはございます。死にゆく定めのものは医療を施しても命は救えません」

「であるか」

劉淵は納得すると、ともかく、情報を集める旨を約束してくれた。

「白蓮の居場所が分かれば金吾兵を差し向ける。おまえは夜王と共に情報を集めてくれ。そして県試に向けて勉強に集中するのだ。しばらくは私の体調に気を遣わなくていい」

「……それなのですが、陛下は最近、発熱なさることが多くなっています。即位されてからさらに激務が重なっておられるようで心配です」

「私の身を心配してくれるか。しかし、それは不要だ」

劉淵はそのように言い切ると今は白蓮の心配だけしよう、と諭した。それはそうであったのでおとなしく従うと香蘭は情報を集めるため、診療所に戻った。

――すると劉淵は大きく咳き込む。

「……まったく、私の身体もやわになったものだ」

そのように嘆くと内侍省後宮府長史の岳配老人がやってくる。

「陛下、最近お身体の具合が優れぬご様子。香蘭だけにはそのことを伝えたほうがよろしいのではないでしょうか」

老人は実の孫を見るかのような目で心配をする。

「不要だ。あの娘にとって今は正念場。医道科挙も白蓮奪還も邪魔することはできない」

「しかし、陛下が病臥なされば国政は滞ります」

「私が病ごときに負けるはずなどないのだ」

　新皇帝は語気を強める。

「私は最も愛するものを捨ててまで皇帝になったのだ。神は私の決断を称揚してくださるはず」

「神が称揚しても魔縁が病を持ってくれば話は違います。陛下とて人の子なのですから」

「皇帝は神の子、天の子とされているが」

「そのような正論で臣の口を封じないでください」

「はっはっは、それはすまなんだ。しかし、本当に大丈夫だ。私は天運を持っている。その天運を信じてくれ」

　そのような物言いをされれば老人は黙るしかなかった。

†

白井蓮こと白蓮は不機嫌のただ中にいた。

両手を縄で締め上げられ、自由を奪われていたからだ。

自分で食事を取ることもできなければ、尻を拭くこともできなかった。

まったく、誘拐犯たちはなにがしたくて俺を拘束するのだろうか。尋ねてみる。

「おまえら、俺を誘拐してどうするつもりだ。身代金ならびた一文払わないぞ」

その言葉を聞いたものは北胡の男であった。壮年の男は中原国の言葉をたどたどしく話す。

「おまえを誘拐したのはとある方の依頼だ。我々はおまえをその方に引き渡すだけだ」

「ほう、依頼主は誰だ。北胡人か」

「いいや、違う。中原国の人間だ」

「中原国の人間が北胡人を使うのか」

「我々には北胡と中原国の血が流れている」

「なるほど、北胡生まれの中原国人か」

「そうだ。我々は北胡人からも中原国人からも差別される立場だ。ろくな仕事にありつけない」

「だから誘拐などという犯罪に手を染めているのだな」

「ああ、そうだ。悪く思わないでほしい」

「それにしても俺をさらって監禁するとはどんなやつなのだろうな。おまえたちを雇えるくらい金があるならば正規の手段で俺を雇えばいいものを」

「詳しい話は聞いていない」

「俺を正規で雇わないということは非合法的な医療を望んでいるか、あるいは俺と因縁があるやつか」

　推理をしてみる。

　例えば白蓮が宮仕えしていたときに一悶着あったやつならば正規のルートで頼むのは難しいだろう。このように非合法な方法を使って医療を施すように命令するのも納得だった。

「まあ、しばらくすればそのものに会えるだろう。そのときに唾を吐きかけてやるのが楽しみだ」

「ほどほどにするのだな。我々は女児の命を預かっているのだぞ」

「…………」

　見れば白蓮診療所の入院患者である少女もまた荒縄で縛られていた。もしも白蓮が逃げ出したり反抗すればその命を奪うと宣言されている娘だ。

「ふん、所詮は他人の娘だ」と切り捨てることは実際にできなかった。

もしもそれができるのならば今、虜囚の憂き目には遭っていない。もっと早くに反撃してとっくに逃げおおせていることだろう。

白蓮は少女の命を人質に囚われているのだ。

「……おい、北胡崩れ」

不機嫌な口調で誘拐犯に語りかける。

「なんだ」

「その娘は病気だ。定期的に薬を投与しなければならない。そろそろ薬効が切れる時刻だ。持ってきた道具箱から薬を出していいか」

「縄を解いて短刀が入っている道具箱を貸せか。俺の顔に馬鹿、とでも書いてあるように見えるのかな」

「無論、書いてないさ。ただ根っからの悪党とも書いていない。慈悲だ。逃げないし、反抗もしないと誓うから少女の治療をさせてくれ」

「…………」

北胡崩れは白蓮の顔を見つめ、その真偽を見極めようとした。白蓮の表情から信義を見いだすと、「いいだろう」と言った。

「この娘は大事な人質だ。もしもなにかあればこちらが困ることになるのだしな」

そのように言うと、荒縄を解き、自由にしてくれた。

白蓮はここぞとばかりに反撃を加えたりはしなかった。約束通り薬だけを道具箱から取り出すとそれを少女に呑ませた。

「苦しくないか?」

少女に尋ねる。

「ううん、ちっとも」

誘拐されているというのに健気(けなげ)に笑顔を見せる少女、彼女は絶対的に白蓮のことを信頼してくれていた。

白蓮はその信頼に応えるため、小賢しい策は弄さず犯人に従うことにする。

ただ、心のどこかで香蘭のことを思っていた。

あいつのことだ、医道科挙にも全力で取り組みつつ、白蓮を助けるため駆け回っていることは明白であった。

必ずや医道科挙に合格し、白蓮も救出してくれるはずであった。白蓮もまた自分の弟子に絶対の信頼をおいていた。

白蓮の情報を集めながら、香蘭は医道科挙の勉強も欠かさなかった。

劉淵からも夜王からも情報がもたらされない日は県試に向けて勉強に励む。

友人である菫白を診療所に招き、一緒に勉強をした。

可憐な少女、菫白は言う。

「ふふふ、今年の試験は楽ね。なんせ女人枠がないのだから」

上機嫌であった。

女人枠廃止は彼女の利益に適うのだ。なにせ彼女は前回の医道科挙で上位の成績であった。普通に試験を受けていれば合格する学力があるのである。ましてや今年は前回の試験の蓄積があるから合格は間違いなかった。

「今年は余裕ね。今から面接試験の練習をしようかしら」

終いにはそんなことを言い出す始末だったが、それは気が早すぎるとたしなめる。

「それにしても張さんはどうしたのかしら。あれ以来、一度も顔を合わせていないのだけど」

張さんとは前回の試験で一緒に勉強を重ねた張万世のことである。白髪頭の中年男性

†

で世代や性別の枠を越えて仲良くなった友人である。香蘭は今でもときおり、張万世の自宅を訪ねているのだが、彼の家に人の気配を感じることは一度もなかった。

「まあ、彼は是が非でも医者になりたがっていましたから今年の医道科挙の会場に姿を現すかもしれませんよ」

「そうね。でも、もしかしたら医道科挙を諦めて医師の弟子になることで免状を取る作戦に切り替えたのかも」

「医道科挙の免状を持つものに一〇年師事する方法ですか」

「そうよ。香蘭だってお父様に一〇年師事をすれば医者になれるじゃない」

「そうですね。その道もあります。しかし、わたしは宮廷医を目指しているのです」

「香蘭は宮廷で働いてこの国自体を改革したいのね」

「そういうことです。わたしには夢があるのです」

「夢？」

「はい。国民皆保険の制度を作りたいのです」

「こくみんかいほけん……？」

　董白は首をかしげる。

「国民全員が医療保険に入ることです」

「医療保険ってなに？」

「病に罹(かか)ったとき、無料、もしくは安い金額で医者に診て貰えるようにする制度です」

「まあ、そんな制度があるのね」

「ええ、白蓮殿の世界にはあるのです。この中原国でもそれを真似して、誰しもが平等に医療を受けられるようにしたいんです」

「……現状だとお金持ちしかお医者様にかかれないものね」

無論、白蓮診療所の無料診療日や夏侯門のような善意にあふれた診療所はあるにはあるが、その医療を受けられるのは運がいいものだけであった。彼らの取り組みにも限界はあるのだ。香蘭はこの国の税金を有効に使って医者を増やし、誰でも医療が受けられる制度を構築したかった。それは香蘭の祖父が夢見、父が目指した道でもあった。

「それならば勉強して、医道科挙に受かるしかないわね。宮廷医長になって皇帝陛下に上奏しないと」

「そうですね。言うは易(やす)しです。実際にはいくつもの問題が山積しています」

北胡との戦争のさなか、予算をどのように確保するのか。あるいは保守的な官僚たちをどうやって説得するのか。また皇帝自身にも国民皆保険の素晴らしさを説明し、賛同して貰わねばならなかった。

「前途は多難です。まあ、それを嘆くにもまずは県試に合格しないと」

「県試は楽勝でしょう。州試(しゅうし)も余裕。問題は院試(いんし)と歳試(さいし)ね」

　医道科挙には四つの試験がある。

　県試とは第一次選抜試験で、白蓮の世界で言う大学入試センター試験のようなものであった。中原国全県の会場で行われ、そこで合格したものが次の試験である州試に進める。州試は州の単位で実施され、それに合格するとやっと宮廷で行われる院試に進める。そしてそれに合格すれば皇帝陛下にお目通りできる歳試に挑めるというのが中原国の医道科挙制度だった。

　四度受験した香蘭にとって県試は軽い腕試しといった難易度であったが、そんな香蘭のもとに情報が届く。夜王の配下呂帯がやってきたのだ。彼はいつもの軽妙な調子で言う。

「香蘭の姐御、てーへんです。てーへんです」

「いったい、どうしたというのです。呂帯殿」

「白蓮さんの居場所が分かりました」

「それはたしかに大変ですね」

　前のめりになる香蘭、しかし、呂帯はそんな香蘭の心を知ってか知らずか、話を脇道にそらす。

「ていうか、姐御の隣にいる美少女は誰ですか。しょーじき、胸キュンっす。もろ好みっす」

「この方はわたしの友人の董白です」

董白はにこりと微笑み、挨拶をする。

「南都の材木商の娘、董白です。香蘭さんの友人で今度、一緒に医道科挙を受けるんです」

「へー、頭がいいんですね。白蓮さん風に言うとインテリ美少女っすね」

「そうですね。彼女はなかなかに賢い娘です」

「ちなみに金持ちの娘にありがちな婚約者とかはいますか？」

「いません」

董白はきっぱりと言う。

「俺みたいな無頼漢は好みっすか」

「うーん、わたしもインテリのほうが好きかも」

「まじっすか、俺、九九を六の段まで言えます。以前、香蘭の姐御に習ったんです」
六四、三五と堂々と間違った九九を披露する呂帯。生まれの違いも相まってふたりが結ばれる可能性は低いだろうが、それでも香蘭は呂帯のことを応援したい気持ちに駆られた。――もっとも駆られるだけでなにもしてやれないが。
それよりも今は白蓮の居場所のほうが気になった。香蘭は呂帯にそのことを伝える。

「そうでした。白蓮さんの居場所なんですが、南都より西に三日ほど行った場所にいるみたいっす」

「み、三日ですか」

思わず動揺してしまったのは県試の日とモロかぶりしているからだ。三日後、香蘭は県試を受けなければならない。

「なんとまあ間が悪い。俺ら赤幇だけで突撃しますか」

「いや、自分の師を救うのを躊躇したとあったら陽香蘭の名が廃ります。県試はその場で受けます」

「ああ、そうか、試験は県単位で行われるからそこで受ければいいのね」

「旅をしたあとに試験すか、強行軍になりますよ」

「もとより承知です。というわけで今宵のうちに旅立ちましょう」

「分かりました。ちなみに金吾兵はたしかな情報がないと動けないそうです」

「ならば赤幇の手勢を貸してください」

「知勇兼備のこの呂帯を筆頭に手練れを集めます」

呂帯はそのように言うと力こぶを作る。どうやらよほど菫白に気に入られたいようだ。

気になった香蘭は菫白に小声で尋ねる。

「それでこの呂帯という若者はどうでしょうか」

菫白は軽く苦笑いを浮かべると「七点」と言った。

一〇点満点中の七点ならば好感触であるが、彼女の表情を見る限り一〇〇点満点評価である気配が濃厚であった。

——報われない恋か。

香蘭も苦笑すると、呂帯を伴って西へ向かった。

赤帮に馬車を用意して貰ったが、馬車に揺られている間も勉強は欠かさなかった。

三日後、香蘭は現地で県試を受ける。

連奉(れんぽう)という土地で行われた県試は三二七人ものものが受験したが、香蘭はその中でも一番の成績を取ることができた。つまり、無事、州試に進めるということである。しかし、香蘭は浮かれはしなかった。四度も受験しているのだから、県試でこれくらいの結果を残すのは当然だと思ったのだ。それに、この地にやってきたのは白蓮を救うという目標のためであった。その目標はまだ達成していないのである。

†

白蓮は不機嫌さを隠さずに言った。

「おい、北胡崩れ。なぜ、俺の身柄を移送する」

「南都にいれば捕捉されるからだ」

「ほう、誰に」

「おまえの弟子や仲間たちにだ。おまえが赤幇や皇帝を動かせる人物であることは調査済みだ」

「っち、抜かりはないな」

「俺たちの依頼主に引き渡すまで中原国中に引き回す」

「俺は旅が嫌いなんだが」

「若い頃は中原国中を旅したと聞いているが」

「だからだよ。もう飽きたんだ」

「若い頃を思い出して感傷に浸るのだな。連奉に行ったことはあるのか」

「あるさ」

「ならばかつて知ったる地だ。心も落ち着こう」

「荒縄で縛られてなければそれもできようが」

「さて、それでは娘の治療の時間だ。縄を解いてやろう」

「飯のときと用を足すときも解いてほしいのだが」

「それはできかねる。おまえは武芸の達人だからな」

「逃げないと約束しただろう」

「ことが患者に関係すれば約束は守るだろうが、それ以外は信用ならない」

「俺の性格を熟知しているようだな。ちなみにおまえの名前はなんていうんだ」

「ダカールだ」

「北胡人風の名前だな」

「半分、北胡人だからな」

「それではダカール殿、さっそく縄を解いて貰おうか」

そのように言うとダカールは縄を解く。その間、ほとんど警戒していなかった。少女に医療を施す代わりに絶対に逃げない。それは医者として神聖な約束であると承知しているのだろう。なかなか医者の機微が分かる人間だと思った。

白蓮は少女の経過を確認するとまた再び縄についた。

「絶対逃げないと約束すればいつでも縄を解いてくれそうだが、嘘をつくのは気が引けるしな」

ともかく、今は弟子が助けに来るのを待つしかなかった。

†

連奉のどこかに師匠がいる。そのように聞いた香蘭であるが、それだけの情報で師を捜し当てることは難しかった。

一言で連奉と言っても広すぎるのだ。連奉の地は南都の数倍の面積を誇っているのだ。

しかし、それでも香蘭は師を見つけるため、全力を尽くすが。香蘭は手がかりを掴むため、連奉の侠客集団を当たることにした。それについて呂帯は正論で香蘭を諌(いさ)める。

「姐御、地元のやくざものの力を借りる気ですか」

「そのつもりだが」

「危険ですよ。南都ならともかく、この地に赤幇の威光は届きません」

「分かっている。だから赤幇の力ではなく、この陽香蘭の力で頼み事を聞いて貰うつもりだ」

　そのように言うと香蘭は地元のものに話を聞き、この辺り一帯を取り仕切っているものたちの情報を集め始めた。数刻の調査で首領の居場所が判明し、香蘭と呂帯はその足でそこへ向かった。

　連奉の中でも一際治安の悪そうな場所にそのものはいた。地元のやくざを取り仕切る文周(ぶんしゅう)という男の家を訪(おとな)うと香蘭は堂々と言った。

「内侍省後宮府所属宮廷医一二品官(ほんかん)陽香蘭である」

役職を名乗ったためであろうか、香蘭はぞんざいに扱われることはなかった。

文周の手下に手厚くもてなされ、部屋に通された。

広間にいたのはいかにも田舎やくざらしい格好をしている侠客の長であった。角刈りで、ドスを振り回しそうな風貌をしている。

文周は香蘭を見るなり言った。

「皇帝のお医者様がこんな田舎やくざになんの用で？」

「あなた方に力を借りたいのです」

「ほう、なるほど、しかし、侠客は公権力の支援を受けない代わりに公権力に従わないという不文律があるのはご存じで」

香蘭は夜王の顔を思い出す。彼のように公権力と仲良くするやくざのほうが少数派なのだろう。

「……それは存じ上げています。しかし、わたしは師を救いたいのです。そのためならば権道も用います」

「それは我々が従わないと我々の組織を潰すということで？」

「まさか、そんな権力はわたしにはない。わたしはただただお願いするだけです」

香蘭は深々と頭を下げる。いや、土下座をする。

「わたしは師をどうしても助けたいのです。師はわたしに医道のすべてを教えてくれました。医は仁であると再認識させてくれた恩人なのです」

「……医の道は仁、ですかい」

「はい。侠客も仁義を重んじると聞きます」

「ええ、そうでさ。俠客は借りを必ず返すものです」

「それではわたしに医療を施させてください。あなたの身内や手下に病苦にあえぐものはいないでしょうか」

「……あっしには年老いた母親がいて、尻から脚にかけての痛みと痺れに悩んでいます。ろくに歩けないのです」

「おそらく坐骨神経痛でしょう。あれは完治することは難しいですが、痛みを和らげることならば可能です。御母堂をこの場に呼んでくださいますか？」

　そのように言うと、文周の手下が母親を連れてくる。腰の曲がった老婆だった。

「背骨が変形しているから脚に痺れや痛みが出ているのでしょう。年を取って骨が脆くなっているのが変形の大きな原因ですから、骨を強くするために魚を食べ、牛乳を欠かさず飲んでください」

　医者としてそのように助言すると、母親の腰の整体を始める。香蘭は白蓮から整体の極意を学んでいた。入院患者に整体を施すのはもっぱら香蘭の役目になりつつあった。香蘭は師匠仕込みの整体と陽家秘伝の湿布薬によって、文周の母親に治療を施すと、三日もしないうちに症状を改善させた。歩くことさえままならなくなった母親の病状を改善させ、文周を感激させたのだ。

「ああ、おっかさんが歩いている。もはや歩くことさえ叶わぬと諦めていたのに」

感激のあまり涙ぐむ文周に、香蘭は「一時的な回復です」と釘（くぎ）を刺したあと、腕のいい按摩師（あんまし）を雇うように助言した。

「痛みが和らいだらできるだけ歩くようにしてください。寝たままでは筋肉が弱って負の連鎖に陥ります」

「ありがとうございやす。この文周、香蘭殿のために一肌脱がせて貰います」

そうして文周は手下に命じて白蓮の居場所を捜させた。

二日もしないうちに連奉の山中にある小屋が怪しい、との情報を得る。

「有り難い、さっそく、その場に向かってみます」

香蘭は朗報に目を輝かせたが、このような注意も受ける。

「連奉の山には凶暴な熊が出やす。十分お気を付けて」

「ご忠告、痛み入ります」

香蘭は深々と頭を下げるとそのまま山へ向かった。

連奉の雄大な山脈はたしかに深山幽谷と形容すべき場所で、熊が出没しそうであった。

そして、不幸なことに香蘭たちは運を持っていなかった。道中、熊に出くわしてしまう。香蘭の倍はあろうかという巨大な熊が「がおー」と立ちはだかった。

絶体絶命の窮地、そう思ったが、横にいた呂帯は冷静に背中から弓矢を取り出す。

ひゅん、と矢を放つ呂帯。見事、その矢は熊の腹部に刺さった。

「あちゃあ、外してしまった」

　と戯ける呂帯。

「なにを言うのです。当たっているではないですか」

「いや、あっしが狙ったのは右目ですよ。一撃で射殺すつもりでした。やっぱり街暮らしで腕が鈍っているらしい」

　なんでも呂帯は上京する前は故郷で鹿打ちの猟師をしていたらしい。弓を扱わせれば天下一品とのことであった。事実、呂帯は二射目で熊を仕留めた。

「すごい。神業のようだ」

「えへへ、すごいっしょ」

　得意げな呂帯。香蘭が借りてきた赤幇の連中は精鋭とのことであったが、呂帯もそう評価して差し支えはないらしい。

「夜王は最高の人材を用意してくれたのだな」

　香蘭は、改めて夜の王の配慮に感謝した。

　そして山小屋に到着すると、香蘭は白蓮を発見した。正確には白蓮が使っている道具箱のひとつだが。

　箱の中には白蓮の愛用している医療道具が残されていた。

「先ほどまでここにいたんだ。一足違いであったか」

香蘭は唇を嚙みしめる。赤幇のものたちは直ちに周辺を捜索したが、残念ながら白蓮の行方を摑むことはできなかった。

†

「医療道具の一部を置き去りにしてきてしまった」

白蓮は不機嫌そうに言う。

ダカールは「貴重な道具を失わせてしまってすまないな」と頭を垂れた。

そのように殊勝な態度に出られれば白蓮とてそれ以上皮肉を言うことはなかった。

「ただ、今度逃げ出すときは俺の道具を最優先にしてくれ。どんなに金を出しても買えないものもあるんだ」

「分かっている。俺たちの雇い主はおまえの医療の腕を欲しているのだ。道具があってこその医療だろうしな」

「分かっているじゃないか。どんな名医も道具や薬がなければただの人と変わりない。素手で治せる病気などないのだ」

そのように言い放つと、白蓮は尋ねた。

「それで俺は次にどこへ連れて行かれるんだ」

「次は隣の街だな」

（……よかった。同じ連奉の地ならば州試を受けられる）

白蓮はこの期に及んで香蘭の心配を欠かさなかった。あの娘のことだから、白蓮を追う道すがら医道科挙を受けていることは明白だったからだ。

（あいつにとってはちょうどいいハンデだ）

なにせ香蘭は前回の試験で途中まで満点という偉業を達成していたのだ。県試や州試など児戯にも等しいはず。

（問題は院試以降だが、それは何の憂いなく受けさせてやりたいな）

つまりそれまでにはなんとかこの誘拐事件を解決しておきたいということだが、いまだに解決の兆しは見えなかった。そもそも誘拐を企んだ黒幕の正体さえ不明なのだ。ダカールは容易に自分の雇い主について口を割らないだろう。白蓮は捕縛されたまま天を見上げる。窓からは満月が見えた。

「我が愚弟子も同じ月を見上げているのだろうか」

そのような感想が自然と浮かんだ。


「今日は満月ですね」

香蘭は呂帯に向かってそのようにつぶやいた。

「まん丸の満月です。あそこに猪がいるって本当っすかね」

「猪？　兎ではないのですか」

「猪っすよ。俺はじいちゃんにそう習いました」

「なるほど、里が違えば見える動物が違うということか」

ちなみにあの月という代物はこの星の衛星らしく、なにも棲んでいない、というのが白蓮の言であった。彼らしい散文的な考えであるが、浪漫的な香蘭はあの月で兎が餅つきをしていると信じたかった。

なんでも科学で決めつけるのはよくない。

というのが香蘭の考えである。

きっと師もあの月を眺めて物思いに耽っていると信じながら師の居場所を探す。

「しかし、誘拐犯は連奉の地を去ってしまったのでしょうか。ならばおしまいだ」

「どういう意味っすか」

「わたしは県試を連奉で受けた。州試も連奉で受けなければならないんだ」

「なるほど、でも、たぶん、そこまで遠くに逃げていないと思いますよ」

「ならばいいのだが」

「それよりも香蘭の姐御は勉強に専念してください。医道科挙に合格したいんでしょ」

「ああ、今年こそ合格したい」

「是非、合格してください。皇帝陛下には姐御が必要なのですから」

「そうだな」

そのようなやりとりをしていると、地元のやくざの文周がやってくる。

「どうやら入れ違いだったようで、情報が遅くてすいやせん」

角刈りの俠客は頭を垂れる。

「いえいえ、おかげで師の無事は確認できました」

「ほう、そうなんですかい」

「ええ、道具箱は一部しか置いてありませんでした。つまり残りの道具箱は誘拐犯たちが運んでいるということです」

「なるほど、白蓮殿が死体になっているのならば道具箱はすべて犯人が破棄しているということですか」

「はい、推察ですが」

「いや、そうでしょう。白蓮殿は無事と考えていいでしょう。しかもやつらはまだ連奉の地にいるはず」

「なぜ、分かるのでしょう」

「連奉はあっしの庭ですぜ。怪しげな連中の出入りなんてすべて把握しています」

「それは有り難い。再び居場所を探してくれますか？」

「もちろんでさ。——と言いたいところですが、あっしの手下で歯痛で悩んでいるものがいるんですが、救ってやってくれませんかね」

「歯痛ですか。それは難儀ですね」

呂帯が割り込んでくる。

「香蘭の姐御は医者であって牙医じゃありませんぜ」

香蘭は「いや」と首を振る。

「白蓮診療所でも歯痛の治療はしたことがある。やっとこで虫歯を抜くことくらいはできる」

「白蓮診療所はなんでもやるんですね」

「金さえ貰えれば殺人以外はなんでもやる、が師の口癖ですから」

冗談めかしてそう言うと歯痛の患者を診る。口の中を覗き込むとたしかに大きな虫歯があった。

「これは酷い。すぐに治療を始めないと」

「やっとこを用意しやすか？」

「いや、歯はひとまず残して、ここは痛みだけをとる処置をしよう。歯茎を切開して溜まった瓦斯を抜く」

「歯を抜かずに痛みが治まるんですか」

「ああ、歯の根っこの部分に膿と瓦斯が充満しているから、それらを抜けば楽になるはずだ」

というわけで麻酔をして執刀をするが、口の中にメスを入れられる患者は恐れおののいていた。

「麻酔をするので痛みはたいしたことはありません。むしろ、今まで放置していたのが地獄の痛みだったでしょう」

患者はこくんこくんとうなずく。

「これまでの痛みに耐えられたのだから切開くらいなんでもないですよ。もうすぐ痛みから解放されます」

そのように言って患者を安心させると、香蘭は見事な手際で膿と瓦斯を抜き去った。

歯痛の患者は「もう痛くない！」と喜んでいた。

「歯の数は健康寿命に直結します。一本でも多く保つように努力してください」

「はい」

「それと今の治療はあくまでも応急処置です。一刻も早く地元の牙医に診せて虫歯を治して貰ってください」

「そうですね。なんとかいい医者を探して診て貰います」

歯痛の患者は嬉々として帰っていった。

治療の一部始終を見ていた文周は「お見事でございやす」と香蘭を称揚した。

「なんでもない手術ですよ。白蓮診療所ではもっと難しい手術をしています」

「なんとまあ、それじゃあ、その先生がいないとさぞ困っているでしょうね」

「入院患者の診療については父の陽診療所と夏侯門診療所の助けを借りています。早急に差し迫った患者がいないことだけが僥倖です。それでも一分でも早く師匠を助け出さなければ」

「ですね」

「あっしらも本気で捜しましょう。一週間ほど時間をください」

「ありがとう。その間に勉強ができるし、州試も受けられる」

香蘭は書物を取り出し、勉強を始めた。

呂帯はその姿を見て「香蘭の姐御は超人だな」と吐息を漏らした。

「体力はありませんが、気合いはあります。世の中、気合いさえあればなんとかなるもの」

「姐御は熱血漢ですね。爪の垢を煎じて飲ませて貰いたいくらいです」

そのように言うと、香蘭が勉強に集中できるようそっとしておいてくれた。香蘭はその間に州試の準備をする。

　そして六日後、連奉の地で州試が実施された。香蘭は数日にわたる試験を難なくこなし、合格点を得た。

　香蘭の努力を間近で見てきた呂帯は我がことのように喜んだ。そんなお祝いムードに沸くところへ文周がやってくる。

「白蓮殿の居場所が分かりました。洞爺湖と呼ばれる湖の周辺に監禁されているようです」

「それは有り難い」

　その日のうちに香蘭は赤幇の連中を率いて洞爺湖へ向かった。


　洞爺湖へ向かう道中、香蘭たちは狩りをして食料を調達する。

　元鹿打ちの呂帯は見事な猪を仕留め、猪鍋を振る舞ってくれた。

「この時期の猪は微妙なんですよねぇ」

　とのことだが、香蘭には十分美味かった。

「猪もやはり秋が旬なんでしょうか」

「そうですね。秋はどんぐりなんかをたらふく食ってるので脂がのってるんです」

「わたしはこれくらいの脂のほうが食べやすい」

「だから胸が大きくならないんすね」

さりげなく失礼なことを言われたが、それについては無視を決め込み、洞爺湖へはあとどれくらい掛かるか尋ねた。

「ここから二日の距離ですね」

香蘭は指を折って数える。

「着いてすぐ白蓮殿を救えれば院試までには南都に帰れるな」

「院試からは南都で行われるんですよね」

「そうなる。もしもまた取り逃がしたら院試は受けられないかも」

「だめっすよ。香蘭の姐御は今年こそ医道科挙に合格するんでしょう」

「師の命のほうが大切だ」

「白蓮殿は賓客として遇されているはず。殺されるようなことはないはずです」

「——今のところは、だ。それが永遠とは限らない」

その二日後、一行は予定通り洞爺湖へ辿り着いた。

「ずいぶんと大きな湖だな。まるで海のようだ」

「そうですね。南都に近いことから別名近江（おうみ）なんて呼ばれてるらしいっす」

「近江か。湖畔を捜索するにしても何日かかるやら」

「それについては問題ないっす。監禁されている民家も把握済みっす」

「さすがは文周殿といったところか」

　そのような会話を交わしながら、香蘭と呂帯たち赤幇は件の民家を急襲すべく悪路を急ぐ。

　民家の戸を蹴破り、乱入する赤幇の荒くれ者たち。

　――今度こそ白蓮殿がいてくれ、と香蘭は祈るが、はたしてその祈りは天に届いた。荒縄で縛られている白蓮が視界に入る。

「白蓮殿！」

　喜びのあまり大きな声を発するが、白蓮は「相変わらずきんきんと五月蠅い声だ」と皮肉を吐いた。

「地声ゆえすみません。それよりも無事でよかったです」

「荒縄で縛られている以外はＶＩＰ待遇だよ。この北胡崩れはダカールと言ってなかなかよくしてくれる」

　深々と香蘭に頭を下げるダカール。

「貴殿の師を借りている。もうしばらくここに潜んでから南都へ行こうと思っていたが、予定を早めなければならないみたいだな」

「そうはさせません。ここで捕縛させて貰います」

　香蘭のその言葉を合図に赤幇のものたちが一斉に斬り掛かる。大立ち回りが始まるが、香蘭は戦力にならないので見守るしかない。

ただ、師のことはつぶさに観察していた。

民家にいた北胡人の数は五人、赤幇の手勢は四人だから数的不利はやむを得なかったが、呂帯たちは善戦してくれた。あと一歩で白蓮を奪還するところまで行ったが、ダカールは女児を盾にするとその首筋に刀を当てた。

「おっと、それ以上の抵抗は不要に願おう。これ以上やってくるのならばこの少女の首を搔き切る」

赤幇の四人の動きが止まる。

「……なんと卑劣な」

香蘭は唇を噛みながら白蓮の瞳を見つめる。白蓮はとても真剣な瞳をしていた。アイコンタクトというやつでつまり、ダカールは容赦なく少女を殺す気概を持っているということだった。

「動くなよ。俺は今からこの場から逃げ出す。白蓮を連れてな」

「師をどうするつもりだ」

「南都へ連れて行く。そこでとある方の治療をして貰う」

「そのために中原国中を移動していたのか」

「ああ、おまえたちや皇帝の手勢から逃れるためにな。それと事情もあった」

「事情？」

「健康な適合体を探していた」

「適合体とはなんだ!?」

「それはおまえが知るべきことではない。ともかく、我々は南都へ向かわせて貰う」

そのように言うとダカールたちは民家からそそくさと逃げ出した。

呂帯は「後を付けますか」と尋ねてくるが、香蘭は首を横に振った。

「女児が人質に取られている、やめておこう。それにやつらの行く先は分かっているのだし」

「南都に戻るみたいっすね」

「ああ、七面倒くさいことをする連中だが、わたしとしては助かる。院試は南都で行われるからな」

かくして、香蘭は馬車で南都に帰り着いた。

そのまま白蓮診療所に戻ると、入院患者たちの診察を始める。

「試験に合格するだけでなく、白蓮殿が戻ってくるまでこの診療所を滞りなく運営する。それが師への最低限の礼節だ」

そう言い張り、疲れた身体に鞭打って立ち働く香蘭を陸晋は心配してくれたが、この程度のことで倒れるほど香蘭は柔ではなかった。

長年白蓮診療所で働いて、鉄のような身体を手に入れたのだ。

†

南都の郊外には、商売に成功した商人や権勢を得た官僚たちが第二の邸宅を建てる一角がある。そこに白蓮は連れて行かれた。

「まあ、北胡崩れを雇うのだから金はあるのだろうが、それにしてもなかなか立派な屋敷じゃないか」

手を縛られたまま椅子に座らせられた白蓮は、屋敷を見回しながら皮肉を言った。

「目隠しをされたから門扉は見れなかったが、表札にはなんて書いてあったのかな」

ダカールに尋ねると、彼はそのうちに分かるさ、と言った。

「つまり俺の知っている人物が今回の黒幕というわけか」

「…………」

ダカールは沈黙によって肯定する。

どうやらその黒幕が現れるらしい。そう予感した白蓮は、ダカールとふたり、黙って待つ。しばらくして、車椅子に乗った白髪頭の皺深(しわぶか)い老人が現れた。

「……その顔、見覚えがあるぞ」

白蓮がそのように言うと、老人は「久しぶりだな」と笑った。

この男の名は孫品。皇帝の政敵である軍務省尚書令・孫管の伯父であった。

「とっくに政治から引退したと思ったが」

「ああ、毒蛇がうごめく政治からはとっくに引退したよ。今はもう政治にまったく関わっていない。家督も孫管に譲った」

「ならばいまさらなぜ俺を誘拐する。おまえが司馬だった頃に色々と邪魔立てした復讐か」

「当時のおまえは東宮の軍師として宮廷の政治家たちに煮え湯を飲ませてきたからな。おまえのことを気に入っている当時の高官などいないだろう」

「そのときの意趣返しか」

「まさか。政治の道から外れたわしは恨みや辛みからも解放された。自由の身だよ」

「ならばなぜ俺を誘拐する」

「それはおまえの医者としての腕を借りようと思ってな」

「おまえほどの金持ちならば診療所に依頼してくれればよかろう」

「そうだな。大金を積めばどんなに嫌なやつでも治療してくれるのがおまえの唯一の取り柄だものな」

「そうだ。金の奴隷だよ、俺は」

「ただ、おまえにも倫理はある」

「……」

「わしが頼もうとしているのはおまえが持っているであろう医者としての倫理に反することなのだ」

「悪い想像が頭を駆け回っているよ」

「色々と想像してくれ。もうじき、この南都に適合体がやってくる」

「ちなみに成功させたら女の子と俺を解放してくれるのかね」

「もちろんだとも。わしは悪魔ではない」

「司馬のときはその権道を用いて無実の人間を殺してきたが」

「あれは政治上仕方のないことであった。ひとりの人間として、今もその罪にさいなまれているよ」

どこまでが本当か分からぬ口調でとぼけてみせると、孫品は言った。

「ともかく、これからは貴殿を客人として遇しよう」

「人質の少女もそうしてほしいね」

「それも約束しよう。ただし、逃げれば命の保証はしない。わしの忠実な部下は死後もおまえたちを追うだろう」

「どこまでも妄執に駆られた老人だ。司馬だったときのほうが可愛げがある」

「これでも丸くなったのだよ。それでもその気になれば、おまえの診療所の関係者を皆殺しにすることなど造作もない」

「香蘭のことを言っているのならやめておくべきだな。あいつは皇帝のお気に入りだ」

「ならばその娘以外を皆殺しにするまでさ」

老人はそのように言うと哄笑した。

その目には不気味なほど精気が宿っている。その瞳だけは二〇代の野心的な若者に見えた。

まったく、反吐が出る。嫌悪に眉間の皺が深くなる白蓮だが、反吐は出さずに唾を飲み込むと、これからやらされるだろう倫理に背く医療行為とやらについて色々と考察を重ねた。

†

南都に戻った香蘭は、診療所での仕事を終えたあと夜王のもとへ向かった。

南都にいるだろう白蓮の居場所はまだ判明していなかった。たしかな情報網を持つ夜王でも白蓮の居場所を突き止めることは容易ではなかった。

「国中を巡って南都へ戻ってきたことまでは判明したわけだが、そこから八方塞がりだな」

「夜王殿にも不可能なことがあるのですか」

「あるさ。でもまあ時間を掛ければ医者ひとりの居所ぐらい突き止められる」

ともかく、時間をくれ、というのが夜王の主張であった。

ならばここは我慢の子と香蘭は腹を括る。

焦る気持ちはあるが、日々忙しく診療所で働いていると心中のざわつきが多少緩和される。

一通り回診を終え、「ふう」と溜息を漏らしていると、陸晋が茶を持ってきてくれた。

彼は心配げに、

「香蘭さんは働き過ぎですよ」

と諫めるように言った。

「これくらい大丈夫です」

「――と言っていて前回の医道科挙は、発熱して合格を逃したではないですか。今回は十分注意をしてください。明日は陽診療所の方に応援を頼みますから、香蘭さんは休んでください」

「それじゃあ、お言葉に甘えて明日は董白と一緒に勉強でもしようかな」

「本当は一日中寝ていてほしいですが」

「それだと身体がなまってしまいます」

香蘭はそう断言し、董白の家に明日行くことを決めた。

材木商の娘である董白の家は南都でも有数の高級住宅街にあった。香蘭の家よりも何倍も大きな屋敷に彼女は住んでいるのだ。知らせもなしに直接訪ねた香蘭であるが、董白は香蘭の訪問を歓迎してくれた。

「県試の会場に現れなかったから心配していたのだけど」

董白は香蘭の顔を見るなりそう言った。香蘭は事情を説明する。

「まあ、別の県で試験を受けたのね」

「州試もです」

「慣れぬ土地で大変だったんじゃない？　十全に力を発揮できた？」

「自己採点では全問正解でした」

「さすがは香蘭ね」

董白はそのように纏めると、院試について話し始めた。

「わたしたちの実力だと州試までは楽勝だけど、院試からは本気を出さないと」

「その後の面接も厄介ですね」

「そうね。でもまずは院試の対策から」

とふたりで机を並べて勉強を始める。

　ここのところ忙しく駆けずり回っていたから、このようにゆったりと勉強すると心が洗われるようであった。まるで風呂につかっているかのような心地よさを味わう。自分は根っからの勉強好きであると、いまさらながらに香蘭は実感した。

「ふふ、香蘭は本当に楽しそうに勉強するのね」

「人間は知識を得ることによって快楽を得られる唯一の生き物である」

「まあ、そうなの？」

「師の受け売りですが、概ね合っているでしょう。少なくともわたしはそうです」

「そうね。ところでお師匠様の行方はまだ分からないの？」

「この南都のどこかにいるでしょうが、わたしに分かるのは今のところそこまでです」

「しかし、なにもこんな時期に誘拐されなくてもいいのに」

「誘拐犯さんも狙ったわけじゃないでしょうが、おかげでてんてこ舞いですね」

「まあ、香蘭ならばすべて見事に解決してみせるでしょうけど、身体だけには気を付けてね。前回はあれだったし」

「そうですね。対策としてビタミンCを多めに取るようにします」

　ビタミンCは風邪を遠ざける効能があるのだ。

「それだけでなく、お肉もちゃんと食べるのよ。蛋白質(たんぱくしつ)は力の源なのだから」

「蛋白はわたしの母や陸晋と同じようなことを言うんですね」

くすくすと笑う香蘭。

「言いたくもなるわよ。あなたは無茶をするから」

「無茶が通れば道理が引っ込む、道理が引っ込めば常識が消え去る」

「なにそれ」

「わたしの人生訓です。白蓮診療所で手伝いをするようになってから、様々な事件に首を突っ込みましたが、ひとつだけ分かったことがあります。難事と対決するには常識に囚われては駄目ということです」

「だからがむしゃらに動くのね」

「そういうことです。わたしの長所は勤勉さと猪突猛進なところですから」

「香蘭はきっと亥の干支に生まれたのね」

実は違うのだが、否定するのは無粋だろう。そんなことを思いながら香蘭は勉強に没頭した。

三日後に院試が迫っているからだ。

一刻も早く師匠の手がかりが見つかればいいと思いながらも、心の奥底では院試が終わった直後くらいが有り難いな、という不埒な思いもあった。神は、いや、悪魔はその不埒な思いを聞き入れてくれたのだろうか、院試の間は目立った動きはなかった。

つまり万全の状態で院試を受けられたということだ。もっとも疲れが溜まっていたことから、正答率は九割五分というところだろう。十分合格できる点数ではあるが、去年のように県試から院試まで満点というわけにはいかなかった。

まったく、弟子の足を引っ張る師匠である。

院試合格の報を得た数日後、ついに白蓮の居場所が判明した。孫管の伯父の家にいるというのだ。師の安否が分かり香蘭は喜び勇むが、その情報を伝えてくれた内侍省後宮府長史・岳配は大きく溜息を漏らした。

「香蘭、喜ぶべき事態ではないぞ。孫管の伯父・孫品は皇帝陛下の政敵でもあった人物だ。それに引退したとはいえ、まだ政界に隠然たる力を持っている。たしかな証拠がなければ皇帝陛下といえども動けない」

「金吾兵を差し向けることはできないのですか？」

「孫品の屋敷に白蓮がいて助けを求めているというたしかな情報がなければできない」

「それではわたしが屋敷に潜入してたしかな情報を集めてきましょう」

「できるのか？」

「できるのか、ではなく、やるしかないのです」

「確かにその通りなのだが、おまえは医道科挙を受けているのだろう」

「面接は通りました。あとは歳試を受けるだけです」

「なるほどな。さすがは宮廷医の娘だ。ぬかりはないということか」

「はい。歳試の最中に白蓮殿の命に関わる事態でも起きない限りなんとでもなるでしょう」

そのような大言壮語を打つ香蘭だったが、奇しくもそれが盛大な前振りとなってしまった。今まで安全と思われた白蓮の身に危機が襲いかかっていたのだ。

†

南都郊外にある孫品の屋敷──。

そこで客人として遇されている白蓮、日々、酒池肉林の料理を出され、昼寝をするだけの生活。股に贅肉がつくくらい肥えてしまった。まさしく髀肉の嘆であるが、ここにきて情勢に変化が訪れた。なにやら屋敷が騒がしくなったのだ。

北胡崩れであるダカールに尋ねると、やっと適合者が現れたのだ、と言った。

「適合者とはなんなのだ？」

それについて語ったのは孫品であった。

彼は杖を突きながらこちらに向かってくる。

「わしに永遠の若さを与えてくれる人物が現れたのじゃよ」

「永遠の若さだと？」

「そうじゃ、わしは不老不死を目指しているのだ」

「不老不死など存在しない」

「いや、不老にも不死にもなれる。擬似的にな」

「どういう意味だ」

「わしの身体は癌に蝕まれている。医者に言わせればもってあと半年とのことだ」

「やはりそうか。おまえからは病人独特の香りがする」

「余命幾ばくもないじじいというわけだ」

「その癌の治療をしろというのか」

「いや、それは不可能だ。中原国中の名医が匙を投げている」

「末期癌ということか。——適合者と言っていたが、まさか臓器をすべて入れ替えさせるつもりか」

「ほう、勘が鋭いな」

「やはりそうか。拒絶反応が起こらない臓器を探し出してそっくり奪うつもりだな」

「いいや、違う。臓器だけでなく、身体も貰う」

「——どういう意味だ」

白蓮の問いに、老人はねちゃりと笑った。

「身体をまるごと取り替えるのだよ。脳を移植するのさ」

「なんだと⁉」

「わしが探してきた身体は一八歳の青年だ。人生の盛りをこれから迎える健康な身体に生まれ変わる」

「そんなことが倫理的に許されると思っているのか」

「思っているからやっているのさ。ちなみに青年は無理矢理連れてきたわけではない。金を握らせてある。家族のために喜んで身体を提供すると言っている」

「……仮に倫理的にそれが許されるとしても技術がそれを許さない。脳の交換など不可能だ」

「それを可能にするのが神医だろう」

「神にもできないことはある」

「そうは言うなて。わしには分かっているぞ。これまで誰にもできなかった脳の移植に、おまえは興味を抱いている」

「…………」

「脳を移植すると言った途端、おまえは医者の顔から学者の顔に変わった。興味を抱いている証拠だ。人間の脳を移植するとどうなるのだろうと」

「……興味を抱くのと、本当に実行するのは別だ」

「おまえはやるよ。なにせ女児を人質に取られているのだから」

「いい加減にしろ。そのようなことをすればこの国の新皇帝は絶対におまえを許さないぞ」

「一八の身体を手に入れたら隣国へでも亡命するさ。若さは素晴らしいからな。どのようなことも自由自在だ。若い身体を手に入れられるならば金も地位もいらん」

「永遠の命への妄執だな」

「なんとでも言え。ともかく、手術はやって貰うぞ」

孫品はそのように言い放つと、手術の日取りを申し渡した。

それは医道科挙の最終試験である歳試の日であった。

あるいはこの最悪の事態の中、それだけが唯一の希望かもしれなかった。

†

院試と面接に合格した香蘭は、最終試験である歳試を明日に控えていた。これまでよりも遥かに難しい問題が出されるのだが、香蘭はおびえてはいなかった。ただ、嫌な予感はあった。歳試自体よりも、白蓮のことで不安を感じていたのだ。

「陸晋、白蓮殿は大丈夫でしょうか。歳試は諦めて白蓮殿を救いに行きたい」

その弱気な発言を聞いた陸晋はたしなめるように言った。

「なにを言っているのです。今、この場に白蓮先生がいれば医師の免状と俺の命、双方手に入れてこそ初めて一人前と言うでしょう」

「だが、その白蓮殿の命が危うい気がするのだ」

「根拠はあるのですか」

「孫品という人物を一度だけ宮廷で見かけたことがある。すでに引退していたが、毒蛇のような瞳を持っていた。あの目の人間は平然と人を殺す」

「白蓮殿も殺されるというのでしょうか」

「そうだ。白蓮殿が自分の願望を叶えてくれないと悟ったら容赦なく殺すだろう」

「しかし、白蓮殿は皇帝陛下のご友人ですよ」

「追いつめられた人間は不合理なことを平然と行うものさ」

「…………たしかにそうかもしれませんが、僕は歳試を受けるべきだと思います。その後、白蓮殿の救出に向かいましょう」

　陸晋と香蘭で意見は真っ二つに分かれる。このようなことは珍しくないが、香蘭の胸のうちは不安で苛（さいな）まれていた。不安な気持ちのまま歳試を受けるなど到底できなかった。そんな泣き言を診療所にやってきた赤幇の長に漏らすと、彼は香蘭を叱り飛ばした。

「なんと情けない姿。今のおまえの姿を見れば白蓮はそう嘆くはずだ」

だが、香蘭は夜王を見据えて言い募る。

「しかし、わたしは不安なのです。今、まさに白蓮殿の命が危機に瀕しているような気がするのです」

「ほう、そうか。孫品が白蓮を殺すというのだな」

「はい。そんな予感がします」

「しかし、今、おまえが孫品の屋敷に乗り込んだとしてどうする。なにもできまい」

「……それはそうですが」

「俺たち赤幇も同じだ。孫品はこの国の顕官の一族。やくざものが喧嘩を売れる相手ではない」

　夜王はそこで言葉を句切ると溜息を漏らす。

「新皇帝となった劉淵とてそれは同じだ。たしかな悪事を働いたという証拠がなければ孫品を罰することはできないだろう」

「白蓮殿をさらったということは悪事になりませんか？」

「民間の一闇医者をさらったと訴え出たところで、皇帝が動く理由にはならない」

「無体な話です。人の命に軽重はありません。白蓮殿は闇医者ですが、多くの命を救ってきました」

「今は耐えるのだ。俺たちの知っている白蓮ならば、むざむざと殺される間抜けではあるまい。やつならば自分で血路を切り開くはず。そのときこそ手を差し伸べればいい」

「つまり、夜王殿もわたしに歳試を受けろと言いたいのですか」

「白蓮が無事に戻ってきたとき、おまえの手に医師の免状があれば誰よりも喜ぶんじゃないか」

「………………」

香蘭は沈黙する。夜王の言っていることは正論だったからだ。香蘭の知っている白蓮ならば、どのような危機に直面してもそれを乗り越える知謀を持っていた。なにせ白蓮はかつてはこの国一番の軍師だったのだ。

「……そうですね。今はただ師の無事を祈りましょう」

香蘭はそのように自分を納得させると、予定通り歳試を受けることに決めた。精一杯力を発揮し、満点を取る意気込みで試験に挑むことにした。

明日に備え、香蘭は白蓮診療所を夏侯門に託して帰宅する。腹一杯に飯を腹に溜め込んで眠ることにしたのだ。この期に及んで知識を詰め込むよりも、体調を万全にすることが試験の攻略法だと思ったのだ。それは正しかったらしく、翌日の試験を万全の態勢で受けることができた。

歳試一日目、香蘭が一問たりとも間違えずに答案用紙を埋めているとき、白蓮は孫品の家で知謀を巡らしていた。

「孫品の屋敷には夜王の力は及ばない。皇帝の権力も望み薄だろう。つまり、自分の力だけで脱出せねば……」

白蓮は己の身体を見る。

幸いと今は荒縄でくくられていなかった。自分ひとりならば悠然と孫品の家を出ることができた。しかし、女児を別室で人質に取られている今、自分だけ逃げ出すことなどできなかった。

「なんとかあの子だけでも逃がせられればいいのだが」

今まで従順に従ってきたため、敵の女児への警戒感は薄かった。診療と偽って女児の部屋へ行き、そのまま逃がすこともできるかもしれない。そう踏んだ白蓮はそれを実行する。

いつもの薬を投与しながら女児に屋敷の構造を教え、出口へ向かってひた走るように命じた。賢い女児は見事にそれを成し遂げ、無事、孫品の屋敷の外へ脱出した。そのまま白蓮診療所に向かっただけだが、脱出を許した孫品は悠然としていた。

「神医殿はやっと足手まといを逃がすことに成功したか」

「ああ、これで怖いものなどなくなった。おまえの命令を聞く理由もな」

「それは違う。わしはあのような女児ひとりに固執などしない。わしの権力ならばいつでもおまえの診療所を襲撃して患者を皆殺しにできるのだぞ」

「……そのようなことをすれば劉淵が怒り狂うぞ」

「言ったろう。わしにはもはやこの国に未練はない。若さを手に入れられれば問題ない」

「そこまでして若さに妄執するか」

「おまえのように若い人間には分かるまい。どれほど富や名声があろうとも、若さというものの前では無意味だと。たとえこの家や財産を失おうともわしは若い身体を手に入れる」

「……件の若者と身体を交換したあとはこの国から立ち去るのだな」

「ああ、皇帝陛下はわしの倫理観を許さないはず。逃げるしか道はない」

「そうしたら俺の診療所に手を出さないのだな」

「僅かな金とその身だけで逃げるのだ。それにわしはわしでなくなる。権力も消え去るのだからなにもできない」

「……分かった。そこまで言うのならば脳移植の手術、引き受けよう」

「まことか!?」

「ああ、神医の名に懸けておまえを若返らせてやろう」

「その言葉待っていた」

孫品はにやりと笑う。

このようにまどろっこしい真似をしたのもすべては白蓮をその気にさせるためであった。この計画には白蓮という医師の協力が必要不可欠なのだ。無理矢理手術をさせても仕方がないのである。確かな意思を持ってその技術を十全に発揮させなければこの計画は成立しないのだ。だから北胡崩れのダカールに命じて国中を移動させたのだ。そのおかげで、やっと目の前の黒衣の医者をその気にさせることができた。孫品は蛇のような目を光らせ、喜び勇んだが、まだ警戒を緩めてはいなかった。

「もしもわしの手術が失敗したら、おまえの診療所を襲撃するように部下には命じてある」

「分かっている。やるからには失敗しないさ。ただ、約束してほしいのは手術が成功したらさっさとその命令を解除してこの国を出てってくれ」

「いいだろう。それは約束する」

「それでは手術は二日後だ」

つまり、香蘭の歳試が終わる当日ということになるが、はてさて香蘭は無事、試験を受けることができるだろうか。

「あいつは猪突猛進だからな。試験など放り出して俺を救いに来るかもしれん」

それだけが白蓮の心配事であった。

†

　医道科挙の最終試験である歳試では、初日の試験前に皇帝陛下直々のお出ましがある。歳試に残った百数余の医者の卵たちに皇帝陛下が有り難いお言葉をくださるのだ。前年までは左様皇帝と揶揄された無気力な前皇帝が通り一遍の言葉を下賜してくれたが、今年の新皇帝は受験者たちに温かい言葉を掛けてくれた。

「ここまで残った英知あるものたちよ。この試験に合格できるものはこの中の三割であるが、仮に合格しなかったとしても来年がある。そのまた来年も。さらに言えばそこまでの英知があるのならば医師にならなくてもこの国に貢献できる立派な人材となることができるだろう」

　皇帝はそのように言うと、受験者ひとりひとりに声を掛けた。

　その中のひとりに香蘭もいたが、皇帝は香蘭をえこひいきすることなく、

「今年は女人枠はない。励め」

　とだけ言った。むしろ、香蘭の友人である董白のほうにこそ長い台詞を用意していた。

「貴殿はまだ若々しいな。しかし、ここまでくるということはさぞ賢い娘なのだろう。もしも医道科挙に合格したらこの国のために尽くしてほしい」

董白は純粋な娘で、なおかつ勤皇家なのでいたく感激していた。「絶対に合格してみせます」と白い歯を見せる。やる気が一二割増しになっていた。これは厄介なライバルの誕生かな、と思う。董白は友人ではあるが、歳試に合格し、医道の免状が取れるのはこの中でも三〇余人なのだ。香蘭も珍しくぎらつく。

白蓮殿ならば必ず自分で解決する。そのような確信はあるが、それでも師を見捨てたという負い目がある以上、香蘭はこの試験に必ず合格したかった。ふてぶてしく戻ってきた白蓮に免状を見せ、ぐうの音も言わせないようにしたかったのだ。あるいは実際に「ぎゃふん」と言わせたかった。

そのためにはこの試験に合格しなければ。そのような気合いのもと、香蘭は歳試を受けた。

劉淵はその姿を玉席から軽く見つめると、心の中で香蘭を応援した。

香蘭はこの世界で最も難しいとされる試験に挑む。県試や州試などとは比べものにならないほどの難問ばかりであったが、今回は知恵熱を出さずに挑めた。数日に渡る試験を万全な健康状態で受けることができた香蘭は最後の問題に時を得た。自己採点では合格するはずの点を取ったのだ。

だが香蘭は慢心も安心もすることはない。歳試を終えて診療所に戻ると陸晋に言った。

「これですべてやり終えた。白蓮殿を救いに孫品の屋敷に行こう！」

意気込んで陸晋の手を引き、出発しようとするが、彼はそれを拒んだ。

「この期に及んで陸晋も臆したのか」

最初、そう思ったが、それが勘違いであるとすぐに分かる。

なんと診療所の一室で白蓮が呑気に茶を飲んでいたのだ。

彼は玉露を楽しみながら、菓子を頬張っていた。

「な……」

開いた口が塞がらないとはこのことである。あれほど安否に心を痛め、探し求めた人物が目の前でのんびりとくつろいでいるのだ。

「びゃ、白蓮殿、戻ってきたのですか」

白蓮はさも当然のように、

「戻ってきたさ」

と言った。

「信じられない。孫品があなたを解放したのですか、それとも逃げ出してきたのですか」

後者ならば追っ手が来るかもしれない。なんとか白蓮を守るため、今すぐ宮廷に逃げなければならない。

香蘭の心配をよそに、ずずーっと玉露を飲み干し、白蓮は言った。

「安心しろ。解放されたんだ」

「孫品がなぜ、解放を。彼が望む医療をしたのですか」

「そうだな。俺はやつの望みを叶えてやったんだ」

「その望みとはなんですか？　癌の治療でしょうか」

「やつは末期癌だ。俺の腕でも命は救えない」

「それでは孫品はなにを望んだというのです」

「永遠の若ささ。やつは若者の身体と自分の身体を入れ替えるように俺に命じた」

「な、脳の交換移植ということですか」

「そうなるな」

「そんな非人道的なことをあなたはしたというのですか」

香蘭は憤る。いくら人質を取られていたとはいえ、そのような真似をするのは医者としての倫理に反していると思ったのだ。

「確かに脳移植は医者として、いや、人としての倫理に反するな」

「そうです。この人でなし！　酒飲み！　女たらし！」

香蘭は落胆して罵詈雑言を次々と投げつける。

「おいおい、無事戻ってきた師にその言葉はないだろう」

「あなたは人としてしてはいけないことをしてしまったのです」

「安心しろ。そんな馬鹿げた手術はしていない」

「それではどうして解放されたというのです」

「なあに、簡単なことさ。脳を入れ替える予定だった若者と同じ顔に整形手術をしてやっただけだよ」

「え……」

「麻酔から覚めた孫品は鏡を見て自分の脳が若者の身体に入れ替わってると誤認した。そして俺は若者にも別人の顔に整形して逃がしてやったのさ」

「そんな手があったか」

「そうだ。三方よしの処置だろう。若返ったと思った孫品は金目のものを持って国外に逃亡した。無論、内臓は癌に蝕まれているから一ヶ月後には死んでいるだろう」

「自分が若返ったと勘違いしながら天命をまっとうするのですね」

「ああ、そうだ。これで誰ひとり傷つくことなく事件は一件落着さ」

「……つまりわたしは骨折り損のくたびれもうけだった、というわけですね」

「そうだな。結局、おまえは空回りをしていただけだ。もっともおまえが駆けずり回ってくれたおかげでこちらとしては気落ちしなくて済んだがね」

「……そう言っていただけてなによりです」

「それで医道科挙の免状は取れそうなのかね」

「分かりません。自己採点では上位に食い込んでいるはずですが」

「前回、最高点を記録しそうだった勢いはどうした」

「今回はお師匠様が誘拐されてしまって、やはり勉強に全力で集中するというわけにはいきませんでした」

「ならば落ちたら俺のせいだな」

「はい。絶対にそうです」

「もしも落ちたら責任を取るよ」

「どうやって責任を取るのです。あなたはこの国では正式な医者ではないのですから、白蓮診療所で一〇年修業を積んでもわたしは医者になれません」

「なあに、なにも医者だけが人生じゃないさ。例えば俺の嫁になるというのはどうだ」

「よ、嫁って⁉」

顔を真っ赤にし、狼狽える香蘭。

「な、なにを言っているのです。白蓮殿は独身貴族になるのが夢だと言っていたではないですか」

「誘拐されて思ったのだ。自分の安否を心配してくれる家族がいることの尊さに」

その言葉を聞いた陸晋は「いいですね」と話に乗ってくる。

「僕も痛感しました。やはり白蓮先生に必要なのは先生の身を心配してくれる奥方ですよ」

「陸晋までなにを言うんだ」

香蘭は気恥ずかしさのため、視線を合わせられない。

「中原国広しといえども、白蓮先生の奥方が務まるのは香蘭さんしかいません。今回の事件でそれがはっきりしました」

「わ、わたしは妻になど……」

狼狽のあまり俯いてしまうと、たまりかねたように白蓮は笑い出した。

「はっはっは、冗談だよ。俺は独身主義を返上するつもりはない。妓楼に通うのが趣味だからな」

「そうですよ。白蓮殿には無数の馴染みの娼妓がいます。今さら妻を娶るなんて不要です」

「その通りだ。俺は妓楼で芸者遊びをするのがなによりもの楽しみなのだ。それを奪う妻など持つ気はそうそうないね」

白蓮は不道徳にもそう言い放つも、最後にこう付け加えた。

「もっともおまえがどうしても結婚したいと言うのならば考えてやらなくもないぞ」

その人を食ったような表情に、香蘭は軽く憤りながら言い返した。

「わたしは白蓮殿はもちろん、誰の妻にもなりません。医の道を究め、立派な医者として一生を送るのです」

そのように改めて決意する。

それを聞いた白蓮は「ああ、それがいい」と言った。

「おまえは医道科挙に合格するんだ。今まで女ということでその門を半ば閉ざされていたんだ。その門がなくなった今、ありきたりの女の幸せにこだわる必要はないさ」

ただな、と付け加える。

「医の道は険しいぞ。その頂は須弥山（しゅみせん）よりも高く、その谷は深海よりも深い。おまえはその道の開始地点にようやく立ったんだ」

自分の前途を祝し、戒めてくれる師の言葉に香蘭は大きく頷（うなず）くと、

「分かっております。仁に道を究めることの難しさ。そして尊さも」

香蘭はそう言うと、仁を求める患者のもとへ向かった。

まだ正式な免状はないが、それでも香蘭に治療を求めるものは後を絶たないのだ。


その翌週、白蓮診療所に宮廷から勅使がやってきた。

恐れ多くも勅書には医道科挙合格と、免状を皇帝より直接下賜される旨が書かれてあ

った。

香蘭は官服を纏って散夢宮へ向かうと、そこで見慣れた顔の皇帝から免状を賜った。

劉淵は型どおりの言葉を掛けると、最後にこう言った。

「いつかここまでやってくると思っていたが、ようやくだな。これでおまえは私の正式な御典医だ」

微笑みと共に言う皇帝、その笑顔はどこまでもたおやかであった。

二十三章　新たな旅立ち

とある貴人は夜中、人目を忍ぶように侍医を呼んだ。

長年、彼の御典医を務めており、信頼の置ける人物だ。

仮に貴人が病魔に侵されていたとしても、そのことを誰にも漏らすことはないだろう。

参上した侍医に貴人は尋ねた。

「それで私の命はあとどれくらいなのだ」

涼やかなる風のような口調であったので、侍医は驚いた。自分の死期をここまで軽やかに語れる人物はなかなかいないだろう。さすがは一国の主である。侍医はそのように感嘆すると、正直に病状を説明した。

「陛下の病は原因不明でございます。治すことができるものはこの世界にはいないでしょう」

「ならばこの世界のものではない神医ではどうか」

「分かりませぬ。彼ならばあるいは治せるやもしれませんが、保証はできかねるかと」

「ふむ、まあ、駄目で元々だ。あとで勅使を送ろうか」

「それがよろしいかと。ともかく、この世界の医療の水準では陛下をお救いすることは叶いませぬ」

「私の後継者の選定も始めねばな」

その言葉を聞いた侍医は「陛下！」と語気を荒らげた。

「なにがおかしい。余の命の灯火は消えかけているのだろう。ならば後継者を定めるのは当然だ」

「なにを弱気なことを。陛下の病は原因不明ではありますが、治らないと決まったわけではございません。神医ならばあるいは……」

「それも難しいと言ったのはおまえではないか。自分の発言に責任を持て」

登極したばかりの皇帝はそのように言うと、溜息を漏らした。

「まったく、国政改革のまっただ中だというのに病臥を強いられるとは情けない。やはり皇帝の地位は私には重かったのだろうか」

侍医は「そのようなことはございません！」と反駁してくれるが、即位してから一年も経たずに病に伏すなど、天が劉淵の即位に反対しているとしか思えなかった。

「……まあいい。死ぬにしても生きるにしてもやることをやるまでだ。生きている限り改革の手を緩めず、死せる場合はその改革を委ねることができる人物に託す」

劉淵にとってそれ以外の選択肢はなかった。

「しかし、問題なのはこのことを私の新米御典医に話すか、だな」

陽香蘭の慎(つつ)ましやかな笑顔が浮かぶ。

先日、見事に医道科挙に合格を果たした宮廷医の娘。彼女が皇帝の病を知れば自分を責めるだろう。自分が御典医を務めながら病の芽を見いだすこともできずにふがいない、と嘆き悲しむのは目に見えていた。

陽香蘭の笑顔をなによりも大切に思う劉淵にとってそれはちょっとした試練であった。

「あの娘の力は宮廷に必要なものだ。しかし、それと同時に白蓮診療所もあの娘を必要としている。あの娘の扱いはどうすべきなのか」

宮廷のことだけを考えれば宮廷医に専念させたいが、あの娘のことを考えれば今まで通り診療所で修業を重ねながら宮廷に通うのが最善のように思えた。

どちらの道が正しいのか――。明晰(めいせき)な皇帝でも結論を出すことはできなかった。

†

「白蓮殿、白蓮殿！」

嬉々として声を上げながら免状を掲げて走ってきたのは陽香蘭だった。

彼女は先日皇帝陛下から賜った医道科挙の免状を宝玉のように大切に抱きしめながら

白蓮診療所にやってきた。

　白蓮は、無免許医の俺への当てつけか、と鼻を鳴らしたが、香蘭は気にも留めず免状を見せる。

「五年越しの悲願です。いいえ、医者を志してからずっとこの日を待ちわびていました」

「これでおまえは宮廷にのぼって御典医になる資格と、町医者として開業する資格を得たわけか」

「そうなりますね」

「でも、香蘭さんはこのまま宮廷医の道を目指すのでしょう？」

　陸晋は確認するような口調で尋ねてきた。

　だが香蘭は、軽々しく首肯できなかった。

「そう。それなのです。これでわたしは正式な宮廷医になったのですが、そうなると白蓮診療所の手伝いができなくなるのです。わたしがいなければこの診療所は回りません」

「昔はおまえなどいなかった。そのときに戻るだけだよ」

「わたしが来たときよりも病床が拡張され、より多くの患者を診ています。今、わたしが離れたら大変なことになりますよ」

「それならば俺のところに残るか」

「それが問題なのです。この診療所で学ぶことはまだまだあります。しかし、宮廷にのぼって改革を進めるのもわたしの夢なのです。仁を取るか、夢を取るか、究極の二択です」

「好きなほうを取れ。どっちを選んでも俺は反対しない」

「先生、つれないですよ。そんな冷たいことは言わず、抱擁して俺の女になれ、と言ってやるべきです」

陸晋は半分冗談めかして言う。

「ふん、そんなこと死んでも言うもんか。逆に香蘭がここに置いてくださいと頭を下げるべきだろう」

乙女にとっては刺激の強い陸晋の言葉に香蘭が呆気に取られていると、白蓮は子供のように拗ね言を言い、道具箱を持って立ち上がった。

「あれ、白蓮殿、出かけるんですか」

「往診に行ってくる」

「往診とは珍しい」

「出不精の患者がひとりいてな。そいつの面倒を見なければならないのだ」

「ならばその間、この診療所はお任せください、〝正式な免状〟を持つこのわたしが患者の面倒を見ましょう」

　医道科挙に合格したことがどこまでも嬉しい香蘭は、そのように鼻息を荒くする。白蓮はつまらなそうに鼻を鳴らしそのまま出て行った。


　白蓮が道具箱を持って向かった先は、香蘭のもうひとつの職場だった。

先ほどまで香蘭がいた場所で、白蓮は友人である皇帝劉淵と面会した。

どちらが香蘭を取るか、の取り決めをするわけではなかった。白蓮は劉淵を診察しているのだ。

「労咳ではなかったし、また腹に出来物がないかも注意深く調べたがなにもなかった」

「ふむ、ならば私は病気ではないのか」

「おまえから採取した血を調べたが、どうやらおまえは難病にかかっているようだ。膠原病の一種と思えるが、はっきりとはまだ分からん」

「膠原病？」

「皮膚・筋肉・関節・血管などに慢性的な炎症が起こる病気だ。免疫の暴走が原因とされ、多くの場合全身に多発的に発症する」

「それだけ聞くと大したことはないようだが」

「持続的な炎症により、組織が硬くなったり破壊されたりして臓器の機能が低下する厄介な病だ。だが、おまえの場合は俺の知らない症状もある」

「治るのか？」

「膠原病ならば、俺の国では炎症が起こるのを抑える薬はある。だが、完治させることはできない」

「……おまえがそのように言うのならば難しい病なのだな」

「そうだ。さっきも言ったように免疫の暴走が原因だ。たとえ医者とて暴走を止めることはできない。症状を和らげるのが精一杯だ」

「そうか。ならばやはり後継者を決めなければならないようだな」

「最悪のケースだが、それも考えておいたほうがいいかもな」

白蓮は淡々と宣告する。

「それと香蘭だが、やつにはまだまだ教えることが山ほどある。ただ、宮廷医としての夢も叶えさせてやりたい。どうすればいいと思う？」

「ならば後宮と白蓮診療所で週の半分ずつ勤務させればいい」

「一週間は七日あるのだが」

「一日くらい休ませてやれ」

「そういえばあの娘には休みを与えていなかったな」

「ああ、若いからどうにでもなったが、本来ならば非人道的な勤務体制だ」

「そうだな。残り一日は好きなように過ごさせよう」

「強制的に休ませなければきっとおまえの診療所に顔を出すぞ」

「そうか。ならば強制的に休みだ」

「さて、おまえの最愛の弟子の処遇も決まったことだし、私の診察はおまえの弟子に一任しようか」

「他の宮廷医や御典医には任せないのか」

「ああ、すべておまえと香蘭に委任する」

「俺たちでも致命的な急変を防げないかもしれないぞ」

「そのときはそのときだ。おまえたちができないのならばそれが天命なのだろう」

「……分かった、香蘭にはそのように伝える」

「すまないな、我が友よ、色々と苦労を掛ける」

「その言葉、出逢ったときに聞いていたら即座に逃げ出してたよ」

「病を得て殊勝になったのかな私も」

「ああ、そうかもしれん。まあ、人生残された時間は短いかもしれん。互いに悔いのないように生きよう」

「そうしてくれ。ちなみにこのことは夜王には――」

「伝えないよ。ただの風邪だと言っておく」

「ありがとう。もっとも、おまえが黙っていても岳配辺りが漏らしそうだが」

「岳配にはまだ言っていないのか？」

「まだ黙っている。病だと分かれば政務などさせてくれないだろうからな」

「だろうな」

劉淵は軽く笑いを漏らすとこのように締めくくった。

「中原国の一五代皇帝は病になど倒れない。最後の最後まで政務に励み死ぬのだ。それが数ヶ月後になるのか、数十年後になるのか、分からないが、ともかく、前のめりで死にたい」

「分かった。俺も医者だ。必要以上に吹聴したりしない。それとおまえの政務を妨げるような医療もしないと誓うよ」

「ありがとう、我が友よ」

「あばよ、腐れ縁の友人」

白蓮はそのように言い残すと診療所に戻った。そしてそこにいた香蘭を呼び出し、皇帝の病のことを話した。

「膠原病……」

聞き慣れぬ言葉を聞いた香蘭は絶句する。

「たしかにここ数年、陛下は稀に発熱されると思っていました。しかし、それが難病だったなんて……」

「ただの風邪ならば病弱で済むが、膠原病ならば、自己免疫反応による発熱によってじわじわと身体が蝕まれ、何もしなければ、やがて死を迎えるだろう」

「治す手段はないのですか？」

「完治は難しいだろうな。俺は研究医ではなく、臨床医だからな。新たな治療法を発見するのは不得手だ」

「しかし、不得手でも研究して頂かなければ。今、陛下が死ねばこの国はおしまいです」

「そうだな。北胡の連中が嬉々として攻め込んでこよう。だが、俺の国にも治療法はある。問題は俺の見立てが合っているかだが……」

気になることがあるのか、師が考え込む。

「白蓮殿、なにとぞ、劉淵様のことをよろしくお願いいたします。この国の医療では治せなくてもあなたの医療ならば治せるかもしれないのです」

「分かっている。手は抜かないさ」

すぐさま、白蓮により免疫抑制剤での治療が開始され、皇帝の症状は落ち着きを取り戻した。だが、それも束の間、数週間後、皇帝は再び倒れた。

「俺の見立てが間違っていたか……。特殊な未知の炎症性疾患かもしれん」

それからしばらく、白蓮が研究棟に籠もる日が続いた。

香蘭はその間、白蓮診療所を切り盛りした。

夜半まで入院患者の面倒を見ると、香蘭は全身をくたくたにして家に帰った。

風呂に入る気力もなかったが、明日の仕事に耐える気力を養うため、あるいは身体を清潔に保つため、無理に風呂に入る。危うく湯船で寝てしまいそうになったが、それを堪えて風呂から上がり、自分の部屋へ向かった。

その途中、これまた疲れた顔の父とすれ違う。いつもならば「おやすみなさい」で済むはずのふたりであるが、今日はなにやら違う気配を察したのだろう、父が話しかけてきた。

「香蘭、疲れておるようだな。それになにか重いものを背負っている気配がある」

「……父上には隠し事はできませんね」

そのように漏らすが、皇帝の病について他言することはできなかった。

だから迂遠な言い方で父に助言を求めた。

「父上、自分が大切に思っている人が死の病に侵されたと知ったらどうしますか？」

「私は医者だ。全力で治す」

「自分の知識や技量を遥かに超える難病だった場合は」

「それでも全力で治すさ。医者はただ患者と向き合うことしかできない」

「……父上は気丈ですね」

「気丈なものか。仮にもしもその大切なものがおまえや妻、あるいは春麗（しゅんれい）だったとしたら、私は顔を青ざめさせて心を病んでいるかもしれない」

父はそこで溜息を漏らす。

「おまえが救いたい人間は家族ではないが、同じくらい大切な存在なのだな」

「はい。とても恩義ある人物です。それに掛け替えのない人です」

「ならば自分を信じて精進するしかないな。万策尽きるまで医療を施すしかない」

「そうですね。それしか道はありませんよね」

「そういうことだ。それで今宵は眠れそうかね。もしも興奮して眠れないのならば睡眠薬を処方してやろうか」

「いえ、自然の睡眠に勝るものはありません。脳は興奮していますが、なんとか眠ってみせます。明日以降の体力を養わねば」

そのように言い、香蘭は自分の寝室に向かった。予想通りなかなか眠りにつけなかったが、心を落ち着かせる呼吸法を実践すると小一時間ほどで睡魔が訪れた。

「……なあにまだ陛下が亡くなると決まったわけじゃない。陛下には神医と呼ばれる医師が付いているんだ。今回もなんとかしてくれるさ」

そのように自分の心を慰めると香蘭は泥のように眠った。ここ数日の疲れがどっと噴出したのだ。

†

死人のようにいつまでも眠っていたかったが、香蘭にも等しく朝は訪れる。白蓮には研究に集中して貰いたかったので、いつもより早い時間に診療所に赴き、白蓮の代わりに入院患者の診療をした。幸いなことに難病のものはひとりもいなかったので香蘭の技量でもどうにかなった。

昼の刻まで姿を見せない師、彼も研究に没頭しているようなので声を掛けずに香蘭も医療に集中した。入院患者のひとりは「香蘭先生は正式な医者になったと聞いたからもうやってこないと思ってました」と言う。

「正式な医者となりましたが、技量はまだまだ未熟、もっと精進するため、この腕をここで磨きます」

そのようなやりとりをしていると、白蓮がいらだちを隠さずに現れた。何やら独り言を言っている。

「この国の研究機材では限界がある。それに俺は臨床医であって研究医ではない」

吐き捨てるように言う。とても研究が進んでいるようには見えなかった。

香蘭は手伝いたい気持ちに駆られるが、香蘭こそ研究医とは無縁の存在だった。

未知の病に立ち向かう薬や治療法など見当もつかなかった。

黙って白蓮に託すしかない。彼が仕事をしやすいように補佐するしかなかった。

香蘭は週の過半を診療所で過ごし、治療法発見の助力をした。しかし、その献身が報われることはなかった。何週間が経過しても未知の炎症性疾患の治療法の手がかりさえ摑めなかったのである。

　この日も白蓮は珍しくいらだちを隠さず、そばにあった書物を投げた。

「おやめください、先生」

　穏和な陸晋が諭すように言う。

「やめろだと⁉　友人を救う治療法を探すのをやめろと言うのか」

「違います。ものに当たるのをやめてくださいと言っているのです。入院患者たちが驚きます」

「だろうな」

「先生ならば近いうちに必ず治療法を発見できます。焦らず落ち着いてください」

「そうだな。少年であるおまえに諭されるようじゃ俺もおしまいだ。これ以上感情を露わにしないよ」

白蓮はそのように言うとまた研究棟に籠もった。

一週間後、表情を和らげた白蓮が診療所に現れた。

「どうされたのですか？　先生」

白蓮は小躍りせんかのように陸晋の腕を取る。

「研究に進展があったんだ。もしかしたら治療薬を作れるかもしれない」

「本当ですか、先生」

「ああ、嘘なんてつくものか」

しかしな、と白蓮は表情を曇らせる。

「治療薬に必要な野草は俺の山では採れないんだ」

「なんと」

「この中原国にもない」

「外国にあるのですか」

「ああ、その薬草がなければ治療薬の治験もできない」

そのやりとりを聞いた香蘭は、「なあんだ」と安堵の溜息を漏らす。

「外国に行けば薬草を採れるんじゃないですか。ならばわたしが行って採ってくるまでです」

「香蘭、行ってくれるのか」

「わたしは皇帝陛下の家臣ですよ。それに白蓮殿の弟子です。わたしが行かずして誰が行くのです」

「しかし、この国の外に出るのは危険だぞ。北胡の支配する地域を通らねばならない。そもそもおまえは騒動体質じゃないか」

「大丈夫です。僕も香蘭さんのお供をします」

陸晋も同行を買って出てくれる。

「そうか。それは有り難いな」

「我々がいない間は陽診療所のものがこの診療所を手伝ってくれるよう頼んでおきます。その間も白蓮殿は研究に邁進してください」

「……分かった。おまえたちにすべて任せよう」

白蓮はそのように言うと、再び研究棟に引き籠もった。


香蘭は生まれて初めて家族に嘘をついた。

本当は北胡に行くのに、西方の諸国に行くと大嘘をついたのだ。それは家族を心配させまいという配慮であったが、父にはお見通しだったかもしれない。父は別れを惜しむかのように娘を抱きしめてきた。それを見た母親はなんと大げさな、と笑っている。

「香蘭のいつものはしたない旅ですよ。今回もまた無事に戻ってくるに決まっています」

いつもは反対する母が背中を押してくれるのだから不思議なものである。

姉である春麗も今回の旅を応援してくれた。

「母上はまた婚期が延びると言うでしょうが、今回は白蓮先生のご命令なのでしょう。これを貸しとして婚姻を迫るという手もあるわ」

冗談めかして言う春麗であるが、母は「その手があったか!」的な顔をしていた。

「まあ、それは冗談だけど、香蘭は運が強い子よ。今回も何事もなく戻ってくることでしょう」

「そうね。何ヶ月か会えなくなるけど、旅の幸運を祈りましょうか」

母親のその言葉をしばしの別れの締めくくりとして、香蘭は家族に手を振った。

今回は陽家の馬車ではなく、宮廷が用意してくれた馬車を使うのだ。

白蓮診療所の前には立派な馬車が止まっていた。商人が使うかのような質実剛健なものだ。

「たしかに敵地を突っ切るのだから商人に偽装するのは当然か」

独りつぶやくと香蘭は荷物を馬車に積む。すると馬車のそばに見慣れた人物が立っていることに気がつく。

「……あなたは」

　そこにいたのは眼帯をした男であった。

「あなたがなぜここにいるのです」

「友人の窮地だと聞いてだ」

「皇帝陛下の不予は機密事項のはず」

「赤幇の調査力を舐めるな、と言いたいところだが、岳配に直接頼まれた」

「岳配殿が⁉」

「俺にならば漏らしても大事ないと判断したのだろう。そして俺ならばおまえの手伝いができるとも」

「それは有り難いですが、夜王殿は忙しいのではないですか」

「ああ、昼は謀議、夜は閨房で大忙しだが、友人の死の危機に際してなにもしないとあっては夜王の名が廃る」

「それでは夜王殿にも同行して貰いましょう。ただし、我々は北胡を突っ切るのですよ。危険に満ち溢れていますがよろしいか」

「今さらだな。俺が何度死線を彷徨ったと思っている」

「釈迦に説法でしたか。それではどうかこの宮廷が用意してくれた馬車にお乗りください」

香蘭が道を空けると彼はぞんざいに荷物を運び入れた。功夫の天才児陸晋と武芸の達人の夜王、ふたりの助力があれば北胡の兵と出くわしても互角以上の勝負に持ち込めるだろう。とても頼りがいがあるふたりであった。

内侍省後宮府長史・岳配は香蘭たちのために馬車を手配すると、敬愛する主のもとへ向かった。

岳配はすでに病のことを聞いていたのだ。いや、正確には隠し通せなくなったか。皇帝はたびたび病床に伏して国政を遅延させていた。勤勉な皇帝が仮病など使うはずはない。皇帝の身近にいるものは薄々事情を察していた。激烈な老人である岳配は皇帝の御典医を締め上げるとその情報を手に入れ、主のもとへ向かった。

「劉淵様、劉淵様」

「なんだ、情けない声を出しおって」

「情けなくもなります。あなた様が死病を患っていると知れば、この胸は張り裂けてしまいそうになります」

「おまえは戦場で胸を矢で射られたときも平然としていただろう。今もそうしてくれ」

「……しかし」

「今、香蘭たちが私の病気を治す薬草を集めに行っている。やつらが成功すれば俺の命は長らえることができよう」

「は、彼らには最高の馬車と潤沢な路銀を用意しました」

「あとはこの国最高の医者がなんとかしてくれるさ。それよりも問題なのは、それまで熱が出てまともに政務につけないことだ。岳配、申し訳ないが俺の横で陳述書を読んでくれないか」

「この期に及んで政務を取り仕切ると仰せですか」

「この期に及んでだからだよ。先帝が亡くなってから私は火急に国政を改革してきた。どれもこれも中途半端のままだ。ここで私が改革をやめればこの国は乱れる」

「数ヶ月遅延しても問題はないかと」

皇帝はその数ヶ月後に私の命があればいいのだがな、とは言わない。岳配を心配させたくなかったからだ。

「ともかく、寝所で寝て過ごすだけでは退屈するのだ。今日から中原国の皇帝の執務室はここととする。上奏はここで行え」

皇帝がそのように命令すると、岳配は「御意」と頭を垂れるしかなかった。この皇帝が今さら考えを変えるとは思っていなかったのである。岳配はさっそく、南都にある運河の工事について尋ねてきた。

「南都の運河か、たしか数代前の皇帝が船遊びをするために造ったあれか」

「御意。崩御されて以来工事が止まっております。船遊びのための運河など不要でしょうか」

「いや、工事を進めさせよ」

意外な言葉に岳配は驚く。

「陛下も船遊びがしたいのですか」

「まさか。そんなことはしない。しかし、あの運河ができれば東の海から海産物や交易品を直接南都へ運べる。民の暮らしは豊かになろう」

「確かにその通りです。ご慧眼ですな」

「まだもうろくしていないだろう」

「御意。それと戦没家族への慰労金ですが、これはいかがいたしましょう」

「増やす、と言ってやりたいが、ない袖は振れないな。しかし、現状を維持したい。宮廷費を削減してその予算を回そう」

「宮廷費を削減するのですか。陛下の威信が保てませんぞ」

「威信で飯が食えるのならばいくらでも威張り散らすが、今さら後宮を拡充したところでな」

「左様ですか。分かりました。宮廷や後宮で不要なところを見つけたら逐次ご報告します。その都度、御差配ください」

皇帝は「うむ」とうなずくと、大きく咳き込んだ。

ごほっごほっ、と手で咳を抑え込むとそこには血が付着していた。

「陛下⁉」

「内臓がやられているようだな。この病の症状らしい」

「お労しや。この岳配が代わって差し上げたい」

「なにを言う。おまえはあと五〇年生きて中原国を支えるのだ。私の次の皇帝に仕えよ」

「陛下！」

次の皇帝、という言葉が岳配の気に障ったのだろう。

「そのような顔をするな。余は不老でもなければ不死でもない。現状、跡取りとなる子がいない以上、後継者を選定しなければなるまい」

「それはそうですが……」

「俺は弟の劉杢と争って皇位についた。その経緯を考えればやつは候補から外れるかな」

「人格的には劉決様かと」

「そうだな。しかし、やつは同性愛者だ。子が残せぬ」

「そうなれば他の弟君を候補にされますか」

「劉丕の子を養子にして継がせるという策もある。まあ、状況はいろいろだ」

「御意。しかし、まだ亡くなると決まったわけではないのです。急ぐ必要はないかと」

「そうだな。今すべきは政務だ。長沙(ちょうさ)で起こった大雨による被害だが、正確な被害状況を調査して私に報告してくれ。復興に必要な予算を見繕う」

「御意」

岳配はそれ以上なにも言わなかった。この人は死ぬまで政務に邁進すると確信したからだ。自分がその意思を変えるなど大河の流れを棒きれ一本で変えるようなものだと思ったのだ。それに岳配は劉淵の腹心であり、忠臣であった。主が望むことを叶えるのが仕事であった。岳配も腹をくくると皇帝の寝所を執務室にし、二四時間体制で看護と政務に当たった。

†

香蘭たちが求めるものは満月草(まんげつそう)と呼ばれる草花だった。北胡の属国に当たる興奴国(こうどこく)と呼ばれる国だけに分布している珍しい薬草だ。なんでも高山でしか生育しない上、満月の夜にしか開花しないのだという。開花したばかりのその薬草はとても薬効があるらしく、様々な薬の材料になるのだという。皇帝の病もそれで治せるといいのだが――。

香蘭は病に伏す皇帝の姿を想像しながら北へ向かった。

中原国の領土をひたすら北へ進む香蘭、途中、休憩などを挟むがどれも最低限の時間だった。いわゆる強行軍というやつを続けるが、騒動に出くわしたのは北胡との国境付近であった。そこで盗賊と遭遇したのだ。

「国境付近は治安が悪いと聞いてはいたが」

苦虫を嚙み潰すように香蘭が嘆くと、夜王と陸晋は口々に言った。

「騒動体質のおまえがいながら中原国ではさして時間を浪費しなかったのだ。僥倖と言うべきだろう」

「そうですよ。ここまでなにもなかったのは上々です」

見れば盗賊の数は一〇人近かったが、夜王も陸晋も慌てた様子がなかった。

彼らの実力は一騎当千、たとえひとりでも盗賊一〇人程度ならば相手にできるのだろう。

それが証拠に、陸晋は軽やかに馬車から飛び出すと足を直角に上げ、盗賊の顎を蹴り上げた。

夜王は腰の刀を抜くと、一刀のもとに盗賊を斬り捨てた。

出鼻をくじかれた盗賊たちは動揺をしめす。

戦というのは先に芋を引いたほうが負けなのだ。恐怖が伝染した集団は数的優位を生かせなくなる。事実、盗賊たちは次々にふたりに討ち取られていく。

半数を倒すと盗賊たちは戦意を喪失し、逃げ始める。

夜王は不敵に笑って言った。

「仲間の怪我人を見捨てるとはなさけないやつらだ」

陸晋は夜王を見て微笑む。

「しかし、夜王殿は優しいです。敵を一刀に斬り伏せますが、殺しはしない。怪我を負わせるだけで許している」

「俺たちの頭目は慈悲深いお医者様だからな。その目の前で人殺しはできない」

頭目と呼ばれた香蘭は、夜王が斬った盗賊たちの手当てを始めている。

「このものたちは俺たちを殺し、路銀を奪おうとしたのだぞ。女のおまえはなにをされていたか」

「分かっています。しかし、このものたちも好んで盗賊になったのではないでしょう」

「……まあな、好んでやくざや盗賊に身をやつすものはいない」

侠客もそうだが、盗賊も食うに困ったものがなる最後の生業だ。今回の騒動を見ても分かるとおり盗賊も危険をおかして物盗りをしているのである。香蘭たちのような武辺者と出会えば返り討ちにされ、役人と出会えば縛り首にされるのが盗賊であった。

香蘭は仁の心を以て盗賊たちを治療する。

夜王に斬られたものには傷口を消毒し、縫合する。陸晋に蹴られたものには陽家特製の湿布薬を貼った。

盗賊たちは黙って治療を受けているが、皆、香蘭の仁の心に心動かされていた。

彼らは盗賊をやめることを誓うと、どんなに貧しくても真っ当な道で生計を立てると言ってくれた。

「さすがは貧民街の地母神。盗賊の心を解きほぐす」

「からかうのはやめてください。あなただって慈悲深いですよ。刀傷は皆、浅かった。その上重要な臓器はすべて避けられている」

「まあ、手加減できる程度の相手だったってことさ」

「陸晋も手加減が上手い。陸晋が倒した相手は皆、骨に異常はない」

「骨を砕くと後遺症が残りますからね」

「まったくふたりの武勇はすさまじい。これならば北胡で兵と出会ってもなんとかなりそうだ」

「数にもよるがな。小隊ならば駆逐する自信がある」

「僕は完全武装した兵士と渡り合う自信はないなあ」

ふたりは口々に感想を述べるが、中原国の旅はここまでとなった。

明日からは国境を越え、北胡に入国するのである。


中原国最後の夜――。

香蘭は物憂げに満天の夜空を見上げていた。

陸晋がそれを見て尋ねてくる。

「なにか心配事ですか――って、心配事ばかりか」

「たしかに心配事の洪水だ。この国の未来も、陛下の命も懸かっているのだから」

「初めて外国に行く不安もあります」

「そうだな。幸いなことに北胡語は少しできる」

「え、香蘭さんは北胡語が話せるのですか」

「医道科挙には語学の項目もある」

「なるほど、それは心強い。しかし、ならばなぜそのように物憂げな表情をしているのですか」

「いや、無事、満月草を採って帰り、陛下をお救いした後のことを考えていた」

「そんな先のことを。頼もしいですね。すでに使命を終えた気でいる」

「先走りすぎだとは分かっていても自分の運命が懸かっていると思うとどうも」

「白蓮診療所に残るか、陛下の御典医になるか、進路に迷っているのですね」

「ああ、陛下も白蓮殿も半々でいいとおっしゃってくださっているが、中途半端な行動をするものは中途半端な結果しか得られないという格言もある」

「香蘭さんはどうしたいのです」

「どうしたいか分からないから悩んでいるのです」

「それならば言い方を変えましょう。目を閉じてみてください」

「こうですか？」

　言われた通りに目を閉じる。

「今、頭に浮かんだ男性は誰ですか」

「…………」

　香蘭が沈黙してしまったのは真っ先に浮かんだのが白蓮だったからである。それを口にするのはしゃくだった。

　陸晋はすべてを見通した上で、「ふふ」と笑う。

「僕はそれが答えだと思います。いいじゃないですか、今まで通り、一緒に南都の貧民街で働きましょう」

「陸晋は白蓮殿の味方だから安易にそう勧めるんだ」

「なにを言っているんですか、僕はいつだって香蘭派ですよ」

「本当か？　仮にもしもわたしが診療所を立ち上げたら働いてくれるのか」

「白蓮殿の許可があれば」

「ほうら、やっぱり白蓮派じゃないですか」

香蘭はつられて笑った。

「そうですね。先生には返しきれないほどの大恩がありますから。でも、香蘭さんが診療所を立ち上げれば先生はその手伝いをしに行け、と言うと思いますよ」

「…………」

「なんだかんだいって先生は香蘭さんのことを愛していますから」

「な、愛って⁉」

「愛を知らないんですか。男女の情念の中でもっとも強い感情です。恋とはまた違った意味合いを持っています」

「愛くらい知っている」

「でも、愛について真剣に考えたことがないでしょう。自分が白蓮先生を愛しているか考察したことも」

「……確かにないけれど」

白蓮の姿を思い描く。金華豚を肴に酒を飲んでいる姿が浮かんだ。いつもは陸晋が酌をするか、手酌をしているが、想像の中ではその酒杯に香蘭が酒を注いでいた。

「……わたしは白蓮殿を愛しているのだろうか」

「そのように迷うこと自体が答えだと思いますが」

「しかし、白蓮殿は女たらしです」

「結婚していないからですよ。結婚をして身を固めれば妓楼通いも止めるんじゃないでしょうか」

「いいや、あの人はそんな玉じゃない。新婚早々、堂々と妓楼に通うと思います」

「まあ、それでもいいじゃないですか、一番に愛されれば」

「二番も三番もいるのが気にいりませんね」

「香蘭さん、知っていますか、今、あなたが抱いている感情は嫉妬と言うんですよ」

「嫉妬……」

「他の誰にも先生を取られたくないと思っている感情です。これは愛や恋に付随することが多い感情ですね」

「陸晋は子供のくせに妙になんでも知っているんだな」

「僕だって恋ぐらいしたことありますから」

「本当か？」

「ええ、先日、先生が必死で守った入院患者の少女がいるでしょう。あの子に密かに恋をしていました」

「なんで言ってくれないんだ。仲を取り持ったのに」

「香蘭さんならばそう言うと思ったからですよ。僕は医療従事者ですよ。患者に恋するのは御法度です」

「たしかにそれはそうだけど、水くさいじゃないか」

「まあ、僕もお年頃ということで」

陸晋はそのように言うと「ははっ」と笑う。香蘭もまたつられて笑った。

「陸晋と話して北胡に行く不安が和らいだよ」

「それはどういたしまして。僕も香蘭さんが北胡語を話せると聞いて安心しました」

そのようなやりとりをしながらその夜はふけていった。

夜のとばりも深くなってきたので香蘭は眠ることにする。

馬車の中に入ると、いびきをかいて熟睡している夜の王の横で眠った。

夜王のいびきはとても五月蠅かったが、香蘭の長所のひとつにどこでも眠れるというものがあった。簡易的な枕に頭を載せると羊の数を数える。

「マトンが一匹、ラムが二匹」

白蓮に教わった睡眠法を実践するとほどなく眠気がやってくる。睡魔に襲われた香蘭はそれに身を任せ、眠りについた。陸晋はなかなか繊細のようで、しばし眠れなかったらしい。また、夜王の寝相が悪く夜中に蹴りを貰って二度ほど目覚めたとのことであった。まったく、夜王はけしからん人である。明日からは馬車の外で眠って貰おうか。そんな多数決を取ろうかと思ったが、ここで民主主義を振りかざすのもかわいそうだ。香蘭たちは北胡の地へ入った。

†

北胡とはいえ、この辺はかつて中原国だった土地だ。つまり中原国の言葉がそのまま通じる。

宿場町に立ち寄ってそのことを確認すると不思議な気持ちになった。

「中原国であって、中原国でない場所か。なんか不思議だ」

「いわゆる占領地ってやつだ。北胡の属国だな。その暮らしは豊かではない」

戦に負けて占領された地の民は収奪されるのが宿命というもの。その税率は高く、宿場町は寂れていた。

道行く人にその税率を聞くが、中原国の三割増しといったところであった。

「ああ、せっかく有能な皇帝が現れて、故地奪還の機運が高まっていたのに残念だ」

「なんの。満月草を手に入れ、必ず皇帝陛下を救ってみせます」

「皇帝が元気になれば、また戦ということになるな」

「…………戦は人の常なのでしょうか」

そのようなありきたりな感想しか漏れ出ない。香蘭は戦争が嫌いだ。なぜならば人死にが出るから。香蘭の仕事は人を救うことなのに、その正反対のことをする戦に寛容にはなれなかった。

「しかし、戦争をせねば中原国の故地は取り戻せないのだ。占領地であえぐ人々も救えない」

「分かってはいるのですが……」

香蘭は溜息を漏らすと、この宿場町に泊まる旨を伝えた。

「いいのか、宿に泊まると目立つぞ」

「我々は南都からやってきた商人という設定です。北胡の役人と出くわしたらそう述べましょう」

「まあ、たしかに北胡と中原国は戦争をしているが、交流がないわけではない」

国同士は争っていても商人の行き交いくらいはある。中原国は北都で取れる麦を必要としていたし、北胡は南都で作られる焼き物を欲していた。香蘭は偽装のために持ってきた南都の焼き物を見る。

「さすがは岳配殿です。商人の偽装は完璧」

「だな。北胡で余計な騒動には巻き込まれたくない」

夜王はそのように言うと宿場に向かった。香蘭と陸晋はそのあとに付いていく。

夜王は中原国の言葉で宿を所望した。宿場の主も元は中原国の民であったので話は通じる。

「久しぶりに中原国の言葉を聞きました。そのなまりですと南都の出身ですか」

「出身は違うが、長いこと南都で仕事をしている」

「それは結構なことで。今回の旅は商用でしょうか」

「そうなるな」

「北都へ赴かれるのですか」

「通りかかる予定ではある」

「ならば北都名物のずんだ餅を召し上がるといいでしょう」

夜王は亭主としばし会話を弾ませると、疲れているから休みたい旨を伝える。

「ああ、それは気がつきませんで。すぐに床を用意させます」

「有り難い。それと飯が食いたいのだが」

「宿の一階が飲み屋兼食堂となっています。そこでなにか注文されるがよろしいでしょう」

「そいつは助かる」

そうして香蘭たちは荷物を宿に置いて一階へ向かった。

「飯をたらふく食べたいが、北胡では麦が主食なのだよな」

「北胡は寒冷地ですからね。南都のように暖かくないので米作には向きません」

「ならば冷麺でも頼むか」

「いいですね。旅で疲れているので、さっぱりとしたものが食べたい」

「冷麺か、楽しみだなあ」

そのように夕食の献立で盛り上がっていると、隣の席の客の声が耳に入る。


「なんでも北都へ向かう途中の村で疫病が流行っているらしい」

「なんだと。それではその村を避けて通らねば」

「まったく、疫病だなんて勘弁願いたいな」


中原国の言葉で話す客たちの会話を聞いて、陸晋は複雑な顔をしている。

陸晋は幼き頃に疫病によって家族を亡くしているのだ。


「…………」

沈痛な表情をする陸晋、夜王はそのことを知らないからか、「我々もその村を避けるか」と相談してきた。しかし、香蘭は首を横に振る。

「その村で流行っているという疫病の患者を診てから北都へ向かいましょう」

「なんだと、医者の真似事をするのか」

「わたしは医者ですから」

「今は商人だ。目立つ真似は避けたい」

「しかし、医者は困っている人がいたら見捨ててはいけないのです。そのような誓いを立て医者になったのです」

「まったく、面倒な性格をしているな」

「今に始まったことじゃないでしょう」

「そりゃあ、そうだが、皇帝の危機のときくらい誓いを忘れてもいいんじゃないか」

「陛下の危機だからこそですよ。ここで徳を積んでおけば満月草を手に入れられるような気がします」

香蘭の迷信めいた言葉に夜王は辟易(へきえき)するが、事情を知っている陸晋は表情を緩ませた。

「……ありがとうございます。香蘭さん」

「なあに、気にするな。わたしひとりで来ていても必ず立ち寄っていましたよ」

ほどなく給仕がやってきて、冷麺が三人前卓に置かれる。北胡の冷麺は腰があってとても美味(おい)しかった。また汁はだしがきいており、酢も入っているためかとてもさっぱりしていた。何杯でも食べられそうな味だ。夜王は三杯、香蘭も珍しくおかわりをすると、食堂を後にした。ちなみに宿は男女別々で取ってある。男女の垣根は設けておいたほうがいいという夜王の配慮だった。

もっとも、共に野宿をする仲なのだからそのような配慮など無用かと思われたが、夜王いわく、紳士とはこういうときの機微に長けているものを言うらしい。なるほどと納得しながら久しぶりの布団の寝心地を味わった。洗ったばかりの清潔な寝具に身を委ねると、すぐに睡魔が襲ってきた。野宿ならば野獣や盗賊の襲撃を心配しなければいけないが、宿はその心配をしなくていいのがよい。今後は宿場町を利用できるのならば是非そうしたかった。幸いなことにここからの道のりは街道沿いを行くことになるため宿場町には困らないだろう。少なくとも北都まで宿に泊まれる可能性が高かった。軟弱者な香蘭にとってそれはとても僥倖なことであった。

†

疫病が流行っているという村に向かって馬車を走らせる。

夜王いわく、進んで虎の口の中に入る行為とのことだが、疫病で苦しむ村を見捨てることなど香蘭にはできなかった。

馬車に揺られること数日、街道から少し離れた場所にある与六村という場所に香蘭たちは降り立った。

この村は北方にしては奇妙に蒸し暑く、温暖だった。この辺りは活火山があり、地熱の溜まり場になっているらしい。

村の入り口に立つと、なんとも言えない匂いが鼻をついた。

「これは人間を焼いている匂いだな」

夜王がぽつりと言う。

火葬に携わることが多い香蘭と陸晋も匂いの正体はすぐに分かった。

「大量の死人が出て野焼きにしているのでしょう」

「ああ、疫病で死んだ死体は即座に焼くに限るからな」

「感染をおさえるためにも理に適った処置です」

香蘭はそのように言うと、村人に村長の家を尋ねた。

商人風の格好をしていた村人は最初、いぶかしんだが小銭を摑ませると結局は村長の家に案内してくれた。

村長は疲労困憊(ひろうこんぱい)した顔をしていた。疫病の対処に迫られて夜も眠れないのだろう。なのでいきなりやってきた商人風の客を見てもさして歓迎する様子はない。

「この村は今、商売どころではないのです。あなた方は利益を求める商人。商売をしたいのならば別の村へ行くべきです」

正論で諭されてしまうが、香蘭は正直に自分の身分を明かした。

「わたしは中原国の医道科挙に合格した正式な医者です。さる事情で北胡を旅していますが、疫病が発生したと聞いていても立ってもいられずここに参りました」

「なんと」

「村人たちの治療をしたいのですが、どこかに臨時の診療所を開設させて頂けませんか」

「それは有り難いですが、あなた方は目的があって旅をしておられるのでしょう。それを放っておいていいのですか」

「困っている人々を見捨てることはできません。我々には時間がありませんが、あなた方にはもっとない。一刻も早く疫病の正体を発見して収束への道筋をつけなくては」

「有り難いことです」

「それで疫病はいつ頃から始まったのですか」

「三ヶ月ほど前から流行りはじめました」

「症状は？」

「歯がガチガチ鳴るほどの悪寒に襲われ、高熱にうなされております。頭痛や嘔吐なども」

「患者をここに呼んで貰えますか」

もちろん、と村長は言うと、軽症の患者を連れてきた。

彼は咳き込みながら発熱時の辛さを訴えた。「まるで燃えるように身体が熱い」という。

香蘭は時間をかけて詳しく問診をしたあと、患者の身体を隈なく視診し、さらに触診、聴診と診察を進めていく。夜王はそれを横で見ながら言った。

「それで伝染病の正体は分かったのか」

「……おおよそは」

そのように言うと香蘭は突然、夜王の頬をはたいた。

「……いきなりはたいてくるとはな。淑女のかんに障ることでもしたかな」

「まさか。病原体を撃退しただけです」

「どういう意味だ？」

香蘭は手のひらに付いた潰れた蚊を見せる。

「蚊が流行り病の原因なのか」

「そうです。おそらくですが、この村で流行っている病はマラリアです」

「まらりあ？」

「病の原因となる非常に小さな虫を体内にもつ蚊に血を吸われると罹る伝染病です。南方の地の風土病なので不思議ですが、寒冷地でもマラリアが発生するのかもしれません。あるいは流行地から持ち込まれたのではないかとも」

「よく分からないが、蚊がいなくなれば伝染病は収まるのだな」

「そういうことです」

それを聞いた村長はいますぐ、村人に命じて蚊を退治する旨を宣言する。

「水たまりを見つけたら即座に埋めてください。ボウフラが発生しないようにするのです」

その言を聞いた村長は村中の水たまりを埋めた。

「あとは蚊帳を張ってください。起きているときは肌を衣服で覆うことで蚊など避けられますが、寝ている間はそうもいかない」

「たしかに」

と村長は簡易的な蚊帳を家々に設置するよう命令を下した。

「これでこれ以上のマラリアの流行は防げるでしょう。問題なのは今、マラリアに罹っている人々です」

「薬はないのか？」

「白蓮診療所ならばマラリアの特効薬がありますが、生憎と今は持ち合わせがありません」

「ならば治るも死ぬも自然に任せるしかないのか」

「そうなりますね」

もどかしいが香蘭は神ではなかった。これを予見してマラリアの特効薬を携行するなど不可能である。

ただ、それでも高熱に苦しんでいる患者には陽家秘伝の解熱剤を処方した。

「夜王殿、陸晋、解熱剤が足りません。山林に入って材料となる薬草をかき集めてくれませんか？」

「分かりました」

陸晋は進んで山の中に入った。無論、蚊に刺されぬよう肌をしっかりと覆い、蚊が嫌う香りを纏わせている。

夜王は面倒くさがったが、それでも結局、薬草集めに奔走してくれた。

「この病は三日熱マラリアと呼ばれるもので、三日おきに高い熱が出ます。熱が出てもせいぜい半日で下がり、また三日後に高熱が出るというのを繰り返します。逆に言えば高熱の発作が治まるまで耐えられれば命が繫がる」

香蘭はそう言って励ましながら手厚く看護し、死に行く定めだった患者を何人も救った。

それを見て村長は感激にむせんだ。

「あなた方は天から遣わされた使者か。もしもあなた方がいなければこの与六村は全滅していたかもしれない」

「マラリアは比較的対処がしやすい病気ですから」

「しかし知識がなければ防ぎようもありません」

「もしも、今後、症状の重い患者が出たら、南都の白蓮診療所に連絡してください。対処できるものならば対処しましょう」

「それは心強い。しかし、あなたのような南都の優秀なお医者様がなぜ、北胡の地に」

「とある薬草を探しているのです」

「とある薬草ですか。それはこの村の近辺で採れるのでしょうか」

「いえ、もっと北へ行かないと」

「それならばお手伝いはできませんね」

「そのお気持ちだけ受け取っておきましょう」

村長は名残惜しげに馬車で村を去る香蘭たちを見送るが、ひとり、怪しげな視線で見つめるものがいた。香蘭たちが最初に声を掛けた村人である。彼は村長のように人の好い人物ではなかった。香蘭が中原国の宮廷医であると聞きつけた彼は北胡の役人に告げ口をしたのだ。なにやら南都から間諜の類いがやってきた、そのように報告し、金一封を得たのである。その代わりに香蘭たちが窮地に陥ることになった。与六村に北胡の兵が現れたのだ。それを見た夜王は「っち」と舌打ちをする。

「命を助けてやったお礼がこれか」

吐き捨てるように言う夜王とは裏腹に、香蘭は平静だった。

「おまえは恩を仇で返されても平常心でいられるのだな。やはり貧民街の地母神だ」

香蘭は抗弁する。

「無論、腹立たしいですよ。しかし、告げ口をした村人は貧しい生活をしていました。贅肉がまったくなく、骨と皮だけだった。そんな中、中原国の宮廷医が北胡で怪しげなことをしているのですから、通報されても文句は言えません」

「夜王殿、香蘭さんは弱者にはとことん優しいのです」

陸晋はそのように説明する。

「まったく理解できない感情だ。おまえがいなければ報復として告げ口したものを斬っていたよ」

「捕縛されなかったからいいではないですか」

「しかし、北胡の役人に俺たちの凶状が出回った」

「我々の人相が広まるには時間が掛かります。それまでに満月草を手に入れてみせますよ」

「まったく、言うは易しだな」

夜王はそのように嘆息すると馬車を急がせた。与六村の村人から香蘭たちの人相が周囲の村に伝わるだろうが、その速度は馬車よりも遅いはずだ。帰り道はともかく、行きの道ではまだ安全のはずだった。

「まさか、北胡の役人も中原国の皇帝を救う薬草を探し求めて宮廷医が敵国をうろつき回っているとは思わないはずです」

そのように楽観的に構えていたが、さすがは騎馬民族の国と言うべきか。北胡の役人は皆、馬に乗っていた。与六村から逃げ出した香蘭たちを即座に捕捉する。

「おいおい、話が違うぞ」

「なんとか、逃げましょう」

香蘭は馭者に馬車の速度を上げるように命じた。しかし、馬車を引いている馬と引いていない馬、その速度には雲泥の差があった。あっという間に追い詰められ、囲まれる香蘭たち。絶体絶命の窮地となったが、夜王は冷静だった。彼は二頭立ての馬車から一頭の馬を切り離すと、それにまたがり言った。

「おまえたちは先に行け。俺はこいつらを始末したら合流する」

「ひとりで五人の騎兵を相手にするというのですか」

香蘭は驚きの声を上げるが、夜王は平然と言った。

「馬に乗っての戦闘は苦手だが、それでも役人程度ならば簡単に斬り伏せてみせる。その格好いい姿をおまえに見せつけられないのが口惜しいが」

「しかし、あなたを置いていくなど――」

陸晋は香蘭の言葉を遮って諫める。

「香蘭さん、今はそのようなやりとりをしている暇はありません。ここは夜王殿に任せましょう」

陸晋の正論を聞いた香蘭は大きく頷く。

「たしかに時間は惜しい」

「それに夜王殿ならば五騎の兵くらいなんともないはずです」

陸晋はそのように言うと馭者に命じて馬車を出発させた。こうして夜王はひとり取り残される。その周囲には五人の騎馬兵がいた。

「俺は兵士として北方の地で戦ったことはないが、それでも南都で腕を鍛えた武辺者だ。おまえらごときに後れは取らない」

そのように言うと馬を突進させ、北胡の兵をひとり斬り捨てた。南都の軟弱なやくざならばその時点で戦々恐々となっているはずであるが、さすがは戦闘慣れしている騎馬民族、それくらいでは戦意を失うことはなかった。

「なかなかやるな。それじゃあ、香蘭を逃がすため、おまえらにはこっちに来て貰おうか」

そう言うと夜王は馬を反転させ、香蘭が逃げた方向とは逆方向に走らせた。

騎馬兵は当然のように夜王を追ってくる。

夜王はその後、数時間掛けて逃げ延び、騎馬兵をひとりひとり始末するのだが、五人目の騎馬兵を倒したとき、閉口する。北胡の地平線から新たに一〇の騎馬兵が現れたからだ。

「……まったく、ついていない」

夜王は嘆息を漏らす。五騎の兵でもこれほど苦戦したのだ。その数が一気に二倍に増えたとなればさすがの夜王も狼狽するしかなかった。

「……まあいい。香蘭が北へ逃げる時間は稼げた。俺はここで戦場の露と消えるかもしれないが、香蘭ならばきっと満月草を採ってきてくれるに違いない」

さすれば白蓮が皇帝の病の治療薬を開発してくれるに違いなかった。夜王の死は無駄にはならないのだ。

「あとは頼んだぞ」

そのように悲壮な決意をすると、夜王は地平線から迫る一〇騎の兵に勇壮に立ち向かっていった。

†

「夜王殿は無事なのだろうか」

北へ向かう馬車の中、香蘭は誰に聞くともなしにつぶやいた。陸晋は、

「夜王殿は古今無双の英雄です。後れを取るはずがありません」

と言った。香蘭を安心させるための言葉だろうが、夜王が時間稼ぎをしてくれた以上、その意志に応えるには無事、満月草を手に入れるしかなかった。

「しかし、馬が一頭では馬車を引くのにも限界があります。なるべく早く二頭目の馬を手に入れないと」

「路銀は十分ある。次の宿場町で揃えよう」

香蘭は次の宿場町に着くと、馬の仲買人を訪ね、さらに二頭の馬を手に入れた。三頭立てにしたのである。

これで馬車を引く力は増えた。北胡の役人から逃げやすくなったはずだ。

事実、香蘭の馬車の速度は増したが、それに比例して不安も増す。合流するはずの夜王がいくら待っても現れないからだ。

「まったく、夜王の名は伊達（だて）なのか。五騎くらいならば片手で倒せると豪語していたのに」

香蘭はいらだちを隠せなかった。まさか、さらに一〇騎の兵が現れたなどとは想像もつかなかったのだ。

「香蘭さん、慌てずに行きましょう。あの不敵な英雄が北胡の兵ごときにやられるとは思えません。しかし、なんらかの騒動に巻き込まれていることは容易に想像できます。

時間がかかるかもしれませんが、必ず合流できるでしょう」

「……そうだな。それを信じるしかないか」

そのように言うと、香蘭は一路北都へ向かうよう馭者に命じた。

馬車を走らせること数日、北都の街並みが見えてくる。

「あれが北都。かつて中原国の都があった場所か」

「そうですね。想像したよりもかなり大きい」

当時の中原国の国力の強さが偲ばれるが、感傷に浸っている暇はなかった。

「ここまではある意味半分中原国だ。しかし、あそこからは違う。南都の商人が赴けるのはあそこまでだ」

「そうですね。これ以上は中原国の商人に偽装できません」

「となると北胡人になりすまさないといけないな」

香蘭たちは北都の市場に向かった。そこで北胡人の娘が着るような衣服を買い求める。

陸晋にも北胡人風の服を買い与える。

「わたしは北胡語を話せるが、陸晋は話せない。ここからはなるべく中原国の言葉を話さないように会話も最低限にしなくては」

「そうですね」

「それと興奴国に行くにはこの地で通行証を発行して貰うしかない」

「通行証が必要なんですね」

「ああ、興奴国は北胡の属国のひとつだからな。安易には入れないのだ」

「そのためにはこの地の役人に申請をしなければいけませんね」

「あるいは袖の下を渡すか」

　正規の道で入国するか、賄賂を渡して入国すべきか。判断に迷うところである。どちらを選ぶかによって運命が変わるような気がした。

「北胡は皇帝の清廉な治世が行き届いていると聞きます。賄賂を使ったことがばれれば罪に問われるかも」

「しかし、正規の方法で入国申請をして正体がばれれば元も子もない」

「難しいところですね。――僕は香蘭さんがよいと思う方法に従います」

「わたしに一任してくれるのか」

「はい。香蘭さんは常に正しい道を選んできました。もしも失敗して投獄されても恨みませんよ」

「責任重大だな」

　香蘭は溜息を漏らすが、即座に決断はしなかった。

「まずは北都で定宿とする場所を探そう。そしてそこで情報を集め、正規の道か、あるいは裏道を使うか決めよう」

「そうですね。時間はないですが、そこまで性急にことを進めるほどでもありません」

そうして香蘭と陸晋は、宿を探しに街へと向かった。

宿を取り、そこで北胡人風の服に着替えると、香蘭は偵察のため再び北都の街へと繰り出した。

「南都の豊かさには及ばないが、なかなかに都会だ」

そのような感想を漏らす。

北胡人は北方の遊牧民ゆえ、定住はしない。ゆえに北都の住民の七割は旧中原国人であった。北胡人は支配者たる役人として北都を牛耳っていた。北都の郊外にはゲルと呼ばれる組み立て式の家が建てられており、北胡人はそこに住んでいるようだ。役所などもそこにあるようである。

「旧中原国人と北胡人はうまく棲み分けているのだな」

そのように得心するが、北胡人の役人は腐敗しているのだろうか。それを確かめたかった。

香蘭はあえて人通りの多いところで露天の店を開き、役人がやってくるのを待つことにした。許可を得ずに商売をすれば彼らは香蘭を追い散らすだろう。その際に暗に袖の下を要求してくれれば北胡の役人は腐敗しているということになる。南都から持ってきた陶磁器の茶碗(ちゃわん)や皿を道端に並べて商売を始めると、一刻もしないうちに役人がやってきた。

(……早いな。南都ならば丸一日経っても来ないことがあるのに)

「おまえ、ここで商売をしているが、役所の許可は得ているのか」

「……許可が必要だとは知りませんでした」

「まったく、なんと無知な娘だ。役所に行って許可を取ってこい」

「はい、今日のところは店じまいをしますが、あなた方に許可をいただくことはできないのでしょうか」

「北胡の法によって営業の許可を出す役人と取り締まる役人は別となっている。我々に頼んでも無駄だ」

「……なるほど、それは知りませんでした」

つたない北胡の言葉でそのように言うと、香蘭は北胡人の高い遵法意識と良識を知った。

中原国よりも遥かに法治が行き届いているのだ。

これは正式に興奴国に行く許可を貰うべきだろう。そう思った。

香蘭は陸晋を連れて郊外にあるゲルに行き、興奴国で商売したい旨を伝えた。

年頃の少女と年少の少年だけで来たことをいぶかしむ役人たちであったが、香蘭が役所の書類を完璧に埋めると彼らは許可を出さないわけにはいかなかった。

「これも岳配殿が偽の戸籍を用意してくれたおかげだ」

香蘭たちは岳配の手配によって北胡の戸籍を手に入れていたのである。北胡人である以上、法に則り申請すれば却下される道理はなかった。

ちなみに設定としては香蘭が純粋な北胡人、陸晋が北都に籍を持つ中原国人と北胡人の子という設定である。陸晋が北胡語を話せない以上、それが一番自然であった。

香蘭は陸晋が話さなくても済むように手続きはすべて自分ひとりで行い、北胡の役人に彼は使用人であると伝えた。すんなり事は運び、無事香蘭は入国許可証を受け取る。

「よし、これで晴れて興奴国へ入国できる。そこで高山に咲く満月草を手に入れればいいのだな」

「ようやくここまで来れました」

「まだ安堵するのは早いぞ。北都から興奴国までかなり道のりがある」

「まだまだ騒動が起こるのでしょうか」

うんざりしたように陸晋は溜息を漏らすが、この期に及んで騒動は起きなかった。北都より北は北胡の本領であり、治安が行き届いていたのだ。北胡の都へと結ぶ街道も整備されており、その治安維持を担う役人も常駐していた。

むしろ、中原国にいたときのほうが盗賊などの脅威を感じたほどで、北胡の旅は快適そのものであった。

「北胡は中原国では野蛮とされているが、よっぽど法理が根付いているな。犯罪者を見かけない」

「なんでも北胡では物を盗めば手を切り落とされるとか」

「そんな社会では盗賊になろうなどというものはいないということか」

「そういうことでしょうね」

いよいよこの旅の目的地である北胡の属国、興奴国に近づいてきた。

「かつて興奴国は中原国の属国だったという」

「大国に挟まれた国は哀れです。常にどこかに従属していなければ国を保てないのですから」

「ああ、しかし、それにしてもようやく目的地に到着できた。いやはや、なかなかに時間が掛かった」

「そうですね。しかし、まだ油断はできません。満月草がある高山に登らねば」

「その前に入国許可証を役人に見せねば」

国境にある関所で入国許可証と商売の許可証を見せる。

年若いふたりはここでも疑われたが、香蘭が北胡語を話すと信じてくれた。勉学はこういうところで役に立つのである。こうして晴れて香蘭一行は興奴国に入国した。

「興奴国人は北胡人と中原国人の中間の顔立ちをしていますね」

中原国人はあっさりとした塩顔が多いが、北胡人は彫りが深い濃い顔の人間が多い。興奴国はちょうどその中間だ。もっともどちらもかなり近しい民族なので、容貌でどこの国の出身かを判別することはできない。まあ、偉そうにしているのが北胡人である可能性が高いが。そのような目で町を見渡すと興奴国には北胡人は少なかった。

「興奴国はいち早く北胡の属国になることによって自治権を得ているんだ。だから北胡に干渉を受けていないのだろう」

「最後どころか今でも反抗している中原国とはそこが違うのですね」

「そういうことだ」

もっとも北胡人をあまり見かけないだけで、北胡人が支配者階級であることはこの国でも変わらないが。北胡の衣服を着た香蘭を見ると興奴国人は丁重にもてなしてくれる。北胡人の商人は賓客として遇された。

「有り難いことだ。さて、それでは馬車の荷を処分してしまおうか」

「え？　どういうことです？」

「興奴国に潜入してしまえばあとは高山に登るだけ。山に登るのに茶碗や皿はいらないだろう」

「たしかに」

「荷物を少なくして身軽になったほうがいい。帰りもそのほうが楽だ」

というわけで香蘭は売り尽くし販売を始める。近くの都市に向かうと、そこで破格の値段で焼き物を売り始めた。黒山の人だかりができる。

「すごいですね。商売繁盛です」

「売上金で食料を買い込もう。南都から持ってきた保存食が尽きかけている」

「そうですね。興奴国では放牧が盛んですから肉が安いみたいですよ」

「わたしは肉よりも餅が食べたいな」

香蘭は食が細く、それでいて肉よりも炭水化物が好きなのだ。

「北方の地では餅は貴重品ですが、まあ、お金を余らしても仕方ないので餅を買い込みましょうか」

外国人向けの商店に向かうと、そこで中原国から輸入された食料や調味料を買い揃える。興奴国の地にも僅かながら中原国人はいて、彼ら相手に商売をしている店があるのだ。

こうして故郷の味を手に入れた香蘭はそのまま高山へと向かった。

興奴国は平原の国であるが、国の中に一ヶ所だけ高山があるのだ。そこに件の満月草の群生地があった。

「ようやくここまで来た。しかも、明日は満月じゃないか」

「どんぴしゃりですね」

「そうだ。あと一日遅かったら一ヶ月も足止めを食らっていた」

「それはさすがに玉体に障ります」

「ああ、一日も早く白蓮殿に満月草を届けねば——」

香蘭は改めてそのように決意する。

だが、ここにきて香蘭はその騒動体質を存分に発揮する。山に入った途端、盗賊にからまれたのだ。

興奴国の治安はよいが、なかには北胡人の支配をよく思わないものもいた。そういった輩はこの山に集まって盗賊に身をやつしていたのだ。興奴国の山は盗賊の産出地と言ってもいいほどに盗賊にあふれていたのだ。

そんな中、豪華な馬車に乗った少女と少年がやってきたのだから、盗賊たちは驚喜した。彼らは馬車の馬を弓で射殺すと鉈や刀を持って馬車を取り囲んだ。

香蘭たちは彼らに完全に包囲される前に、身ひとつで逃げ出した。盗賊たちは馬車と金目のものを手に入れて大喜びだったが、さらに強欲であった。香蘭たちがまだ金を持っていると確信して、そのまま香蘭たちを追いかけてくる。

「馬車に残してきた金だけで満足すればいいものを——」

「欲望と悩みの種は尽きないと言います。久しぶりに戦利品を手に入れたので高揚しているのでしょう」

「このまま山の中まで追ってきそうだ。そうしたら満月草を採っている暇がない」

「ですね。このまま山狩りをされる可能性もあります。香蘭さん、ここは二手に分かれましょう」

「というと？」

「僕はこのまま盗賊たちを引きつけて山の麓へ誘い込みます。香蘭さんは山を登ってください」

「今さら危険だ、などと言うのは野暮だろうな」

「ええ、分かっているじゃないですか。香蘭さんは南都育ちの気っ風のいい娘のはず。だからこう言ってください。満月草を手に入れたら麓の町で落ち合いましょう、と」

「分かった。なんとかしてみせる」

香蘭はそう言って微笑むと、そのまま山の高みを目指して駆け出した。全速力で走るが、とても遅かった。なにせ香蘭は運動音痴なのだ。その後ろ姿をやれやれと見つめながら陸晋は盗賊たちを見下ろす。

「その数は二〇というところですか。さすがにひとりで無双できる数じゃないですね」

陸晋はつぶやくと、懐から財布を取り出して大声で叫んだ。

「やあや、盗賊の皆さん、金目のものがほしいならば僕を追いかけてください」

山の中に消えた少女と、財布を持っていると判明している少年、どちらを追いかけるべきかは明白だった。奴婢として売るにしても陸晋はなかなかに美少年で高値がつきそうだ。盗賊たちがそこまで計算したかは分からないが、山を下る陸晋に一斉に狙いを定めると暴走する牛の群れの如く追いかけてきた。

陸晋は彼らの殺気を背に受けて全速力で山を下るが、その思いは山の上、いや、香蘭の背中に残してきた。

「香蘭さん、満月草、絶対に手に入れてくださいよ」

心の中でそのように声を掛け、香蘭の背中を押す。無論、その声も背中を押す手の温もりも届かないが、その思いは絶対に通じると思った。

山深い地をただひたすらに登る香蘭。

興奴国が誇るこの山の標高はとても高く、登れば登るほど酸素が薄くなった。

「はあはあ、日頃の運動不足が……」

山賊から逃げるため全速力で走った香蘭は肩で息をしていた。その肩はとても重い。夜王と陸晋の期待を一身に背負っているからだ。

彼らは香蘭を逃がすためにその身を犠牲にしたのだ。敵を引きつけるという大任を果たしてくれたのである。

香蘭としてはその期待を無にしないため、是が非でも満月草を手に入れなければならないのだが、事ここに至って気づいた。満月草の絵が描かれた植物図鑑を馬車に置いてきてしまったのである。――もっともここまでの道中、散々図鑑を見ていたので目をつむるだけで満月草の形を思い出すことができるが。

「見れば即座に分かる。問題は見つけられるか、だが」

山をただひたすらに登りながら、香蘭は岩場を見つめる。満月草は岩の割れ目に咲くことが多いという情報を得ているからだ。

ひたすら足を前に進めながら、荒涼とした山肌に目を配る。すると、向かい側の崖に黄色い花が咲いていることに気がつく。

「あれは満月草⁉」

香蘭は喜び勇むが、同時に絶望する。

満月草が生えている崖に行くには、大きく回り込まないといけないからだ。それには丸一日はかかるだろう。そうなれば開花した満月草は採れない。なにせ満月草が咲くのは月に一度だけ、満月の夜だけなのだ。香蘭は唇を嚙みしめると、周囲を見渡す。なにか道具にできるものがないか、探したのだ。

すると都合がいいことにツタ状の植物を見つけた。香蘭は外科医らしい器用な手つきでツタを編み込み、縄を作り上げる。縄を自分の腰と木にくくりつけて命綱とし、満月草の崖まで跳んで渡ろうという算段であった。

それは最善の策であったが、ひとつだけ問題があった。それは香蘭が運動音痴という
ことであった。

極度の疲労でへばっていた香蘭は、持てる力を振り絞って跳躍したものの、満月草の
崖まで到達できなかったのである。――否、正確にいえば向こうの崖まであと指の皮一
枚、というところまで跳べていたのだが、とにかく跳躍に失敗した香蘭はそのまま奈落の
底まで落ちていく――ことはなかった。それどころか得体の知れない浮遊感に包まれた。

なにが起こったのだ。

一瞬、戸惑うが、気がつけば香蘭は満月草の咲く崖にいた。

「届いた――のか!?」

なぜだ、と混乱していると、今度は自分が誰かに抱えられていることに気がついた。

「あなたは!?」

香蘭は思わずその人物の名前を叫んでしまう。

「夜王殿、無事だったのですか?」

「ああ、無事だったよ。騎兵一〇匹を蹴散らしておまえたちを追ってきた」

「なんという絶妙なときに現れるのです」

「白蓮ふうに言えばナイスタイミングってやつだな。しかし、それにしても運動音痴の

くせになんて無茶しやがるんだ」

「こうするしかないと思ったのです。あなたがいたらお任せしていました」

「今からでもお任せされようか」

　夜の王はそう言うと香蘭を右腕に抱えてずいっと持ち上げる。

「俺は左手で崖を摑んでないといけないから手一杯だ。おまえが満月草を採るんだ」

「はい」

　香蘭は素直に指示に従い、夜王に支えられたまま手を伸ばして満月草をむしった。

「採った！　採りました！」

「ようし、任務完了だ」

　夜王はそう言うと、香蘭の腰に巻いたツタを利用し、先ほどまでいた崖へと戻る。軽業師のような身軽さだった。

「さすがは夜の王です。その動きは常人のそれではない」

「おまえの肝っ玉も普通じゃないよ」

　そのように褒め合うと、ふたりはそのまま下山した。山の麓にある町で陸晋が待機しているはずであった。町まで戻るとにこやかに微笑む少年の姿が。彼はにこりと笑って言った。

「香蘭さんならば必ず満月草を手に入れてくれると思っていました」

「わたしも陸晋ならば必ず逃げおおせると信じていた」

「信頼し合う姿は美しいが、皇帝が病に苦しんでいる。早く戻って白蓮に届けたい」

「そうですね」

与六村の男に密告された件で、北胡の領内に手配書が出回っている可能性が高い。三人は馬車を使わず、夜王が敵兵から奪った馬で帰ることに決めた。

無論、香蘭は馬に乗れないから夜王の後ろに乗せて貰うことになるが。

後ろからぎゅうっと夜王を抱きしめると、

「おまえは本当に胸がないのだな」

と呆れられる。余計なお世話なので無言で聞き流す。それから香蘭は懐に大事そうに満月草を入れた。

路銀を落としても取り返しはつくが、満月草に代替品はなかった。香蘭は後生大事に満月草を抱えながら、馬による強行軍を耐えた。その甲斐があってか、行きは一ヶ月近く掛かった旅路が、帰りはその半分以下で済んだ。

こうして香蘭は無事南都へ戻り、満月草を師匠に渡すことに成功した。

満月草を受け取った師匠は全身で喜びを表現した。いつも冷静な白蓮には珍しいことであったが、満月草はそれほど貴重なものなのだ。

白蓮は香蘭の旅路をねぎらうのもそこそこに、研究棟に籠もると治療薬を作り始めた。

†

南都へ戻るや否や香蘭は力尽きた。一ヶ月半ほどの旅は心身に多大な疲労をもたらしたのだ。白蓮診療所から自宅に戻ると、泥のように眠った。母親に起こされるまで目覚めることはなかった。

母親は香蘭が起きるなり、

「ああ、よかった。このまま目を覚まさないかと思ったのよ」

と心底安心したように言った。聞けば、丸二日眠っていたという。

それはそうか、満身創痍の娘が家に帰って来るなり二晩も眠っていたのだ。母親としては心配で仕方ないだろう。母は何度も香蘭を起こそうとしたらしいが、その都度、父に止められたらしい。

「香蘭は疲れているだけだ。そのうちに目を覚ますさ」

というのが医師としての父の見立てらしかった。さすがは名医、娘の体調を完璧に把握した差配であった。

さすが父上と心の中で賞賛していると香蘭はぎゅーっとお腹を鳴らす。当然か、この二日間なにも食べていないのだ。腹も減るというものだ。香蘭は食房で炊き上がったばかりの米に醤油を掛けてむさぼり食う。食房の片隅にあった漬物を胃の中に放り込む。この際、腹に入りさえすればなんでもよかったのだ。母はその姿を見てなんとはしたないと嘆いたが、あの強行軍で見た地獄を知らぬものの批判は胸に響かなかった。相撲取りのように飯をかき込むと、香蘭は茶を飲む。文字通り一服すると、風呂に入って身だしなみを整える。

本当は一刻も早く白蓮診療所に行きたかったのだが、僅かばかり女らしさが勝ったのだ。白蓮にくさい女だと思われたくなかったのである。なにせこちらは半月も強行軍をしたのだ。その間、何回風呂に入れたか、数えるのもはばかれるほどであった。

小綺麗となった香蘭は白蓮診療所に向かった。父が用意してくれた馬車に乗ったのだ。

白蓮診療所に着くと香蘭は陸晋に挨拶をした。

彼は今日もにこやかに下働きの仕事に精を出している。彼は香蘭とは違って自分で馬を操っていたはずであるが、疲れの色は微塵も見せていなかった。聞けば、一晩休んだだけで通常業務をこなしていた。まったく、体力お化けである。その化け物ぶりに感嘆していると陸晋は言った。

「先生が香蘭さんを呼んでいました。一緒に治療薬を作りたいようです」

「薬の製造法を見せてくれるのだろうか」

「そうだと思います」

香蘭は軽く驚く。白蓮は今まで神薬とも呼べる数々の妙薬を調製してきたが、その製造法は頑なに見せてくれなかった。企業秘密さ、とうそぶくだけで香蘭にその秘密を教えてくれることはなかったのである。そんな師匠が薬を製造するところを見せてくれるなど珍しいことであった。

「今日は傘を持ってきていないのだが」

そのような皮肉を口にすると、香蘭は研究棟へ向かった。

白蓮診療所は診療所、入院患者の泊まる棟、研究棟と三つの敷地に分かれている。診療所や入院棟には毎日のように通っていたが、研究棟に足を踏み入れるのは久しぶりだった。以前入ったときは「去れ去れ」と邪剣にされたことを思い出したが、今回はそんなことはなかった。白蓮はただ一心不乱に満月草をすり潰していた。

「俺の世界には抗生物質という便利なものがあるが、薬の原材料の過半はいまだ植物、鉱物、動物に頼っている。そういった意味ではこの中原国の薬の作り方と大差はない」

「しかし、白蓮殿の世界では化学式というものがあるそうですね」

「あるな。例えば解熱鎮痛剤として知られるアスピリンの主要成分は『アセチルサリチル酸』で、サリチル酸という柳の樹皮に含まれる成分から作られている。柳は古くから鎮痛作用を持つことが知られていて、たとえば柳の枝を噛むと歯痛が和らいだため、爪楊枝(ようじ)にも使われていた。ただ、柳から得られるサリチル酸のままでは副作用が強かったため、一〇〇年以上前にドイツの研究者らがサリチル酸をアセチル化して、副作用が少ないアスピリンを開発したんだ」

「もはやなにを言っているのか分かりませんが、すごいということだけは伝わります」

「満月草が皇帝の病に似た症状に効くと書いてあるのはこの国の医学書だ。この国の医学は非科学的だが、ときに俺の世界の医療にも匹敵する知見が書かれていることがある」

「その医学書が正しければ皇帝陛下は助かるということですね」

「ああ、可能性がある。もうじき薬ができあがるが、おまえが持って行って投与してくれるか」

「わたしが？　白蓮殿が直接投与すればいいのではないでしょうか」

「おまえが皇帝の正式な御典医なのだろう。おまえが飲ますのが筋だ」

「はあ、まあそれならばわたしがやりますが」

「ちなみにこの薬の作り方だが、満月草の花弁をすり潰し、ハリネズミの毛とカブトガニの血清を混ぜ合わせる。そしてそれに六五度の熱を加え、丸一日放置するんだ」

「なるほど」

「絶対に忘れるなよ。俺はおまえよりも早く死ぬんだ。もしもまた同じ病気に罹ったものがいたら今度はおまえが作るんだ」

「絶対忘れないようにいたします」

そのように言うと白蓮はハリネズミの毛を抜き、カブトガニから血を抜く。カブトガニの血は真っ青だった。

「カブトガニの血は俺のいた世界でも重要な役割を担っていた。この世界でも貴重な薬の材料となる」

カブトガニは節足動物でとても気持ち悪いが、その血液には不思議な力があるらしい。動物は見た目で判断するものではないな、そんな感想を抱きながらしばし待っていると、いよいよ薬が完成する。

「これを皇帝に飲ませよ」

白蓮は偉そうに言った。

「これは食後に飲むものですか、それとも食前？」

「どちらでも構わないが、前後に葡萄柚の果汁だけは摂取させるな」

「たしか薬効が鈍るのでしたっけ？」

「いや、副作用が出やすくなる。まあ、普通の食事ならば構わない。というか飯を食わせて体力を付けさせろ」

「分かりました」

香蘭は早速、宮廷に向かった。

皇帝は後宮の奥にある寝所で眠っていた。先ほどまで岳配と一緒に政務をしていたそうで、今は疲れて眠っているのだそうな。起こすのははばかられるか、と思ったが、白蓮の薬で皇帝の病が治るならばそうも言っていられないだろう。香蘭は悪いと思いつつも皇帝を起こした。

「宸襟をお騒がせします。陛下、御起床くださいませ」

そのように言うと皇帝は目を開けた。

「香蘭か……」

語気が弱々しい。発熱によって体力が奪われている証拠であった。一刻も早く、病から解放してあげたい香蘭は薬ができあがったことを伝える。

「そうか。余の命はそれで長らえられるのか」

「そうです。白蓮殿いわく、とても苦くてまずいそうですが、絶対に吐き出さないでくださいい、とのことです」

「苦いのは苦手だ」

「砂糖水で薄めましょうか」

「子供ではないのだからそれは不要だ。まあ、命が長らえるのなら喜んで飲もうか」

皇帝はそのようにうそぶくと、香蘭が差し出した薬を飲み干す。

ゴクリと喉を鳴らしたあと、皇帝は不満げに香蘭を見つめた。

「……本当に苦くてまずいではないか。おまえの師は皇帝になんてものを飲ませるんだ」

「良薬は口に苦しと申します。それで効果はいかがでございましょうか？」

「飲んだばかりだぞ。それで治るならば奇跡の仙薬だ」

「そうでした。白蓮殿に事後の経過を見るため、二四時間付きっきりで陛下を看護せよと指示されております」

「そうか、それでは岳配におまえの寝所を用意させよう」

「有り難き幸せ。――それに政務なのですが」

「分かっている。無理はしない。今だって書類は直接読まず、岳配に読み聞かせて貰っている」

「政務でお心を悩ませるのがお身体に悪いのです」

「手持ち無沙汰でいるほうが身体に悪い」

「それでは間を取って政務を半分にしましょう。岳配殿にはそう申し伝えておきます」

「私の御典医は厳しいな」

皇帝は軽く笑うが、気のせいか、皇帝からずっと感じていた死の匂いが先ほどから薄れているように思えた。もしかしたらもう薬効が現れているのかもしれない。

そう思った香蘭は、希望に満ちた表情で岳配のところへ向かった。劉淵はその後ろ姿を見つめるとこうつぶやいた。

「背中がふうっと軽くなった。どうやら死に神が降りてくれたらしい」

死を覚悟していた皇帝は、自分の寿命が延びたことを予感して喜んだ。これで政務に費やせる時間が増えると思ったのだ。

「もっとも、あの娘は完治するまで減らすと言うだろうがな。まったく、優秀な娘だが、健康に五月蠅いのだけは勘弁してほしい」

そのように嘆息を漏らしていると、岳配が喜び勇んでやってきた。

岳配は他の誰よりも劉淵の回復を待ち望んでいるのだ。白蓮の薬を飲んだと聞いて誰よりも喜んでいた。

「これで天運が向いて参りました。薬が効けば陛下も政務に集中できます」

「そうだ。さっそく、重臣たちの論功行賞を行いたいのだが」

「それは駄目でございます。回復の兆しがあっても無理をさせるなというのが御典医の命令ですから」

「おまえらは共闘していたのか」

皇帝がそのような皮肉を漏らすと岳配は笑みを見せた。

「左様でございます。あのものは正式な御典医となりましたからな。その発言力は無視できますまい」

「そうか。そういえばあのものは正式な医者になったのだよな」

「医道科挙に三番目の成績で合格しております」

「それはすごいではないか。将来の名医候補だな」

「御意。中原国古来の療法と白蓮殿の西洋医学を修めた希有(けう)な存在となるでしょう」

「将来の成長が楽しみだ」

皇帝はそのように言うと水を所望した。先ほどまで熱かった身体が水分を欲しているのである。岳配は侍女に水を持って来るように申し付ける。白湯(さゆ)ではなく、冷水を頼んでいた。季節は冬であったので、氷を使うまでもなく冷たい水が運ばれてきた。皇帝はそれを一気に飲み干すと言った。

「冷たい水が美味く感じる。生きているという実感が湧く」

先ほどまで皇帝を蝕んでいた病魔、それは取り払われたかに見えた。

†

週の半分を後宮、残りの半分を白蓮診療所に時間を使うことに決めた香蘭、余った一日を使って劉淵のもとへやってきた。

白蓮ならば皇帝を贔屓にするのか、と皮肉を漏らしそうだが、皇帝は先日まで病に伏していたのだ。その体調がとても気になるのは自然なことであった。

満月草を煎じて作った薬を飲んで以来、皇帝は発熱する日が少なくなっていった。

完全に回復したわけではないようだが、いい傾向が続いていたのである。

ただ、そうなると無理をしてまた政務を始めるのだから気を付けなければならない。

皇帝の寝所は書簡の山で埋もれていた。

「陛下、また書簡が増えていますよ」

「身体が衰えて昔よりも処理能力が衰えているのだな。口惜しい」

「ならば政務の量を減らしてください」

「減らしてこれなのだが」

「救いようがありませんね……」

香蘭がうなだれると劉淵は「まあ、そう言うな」と気休めの言葉をくれた。

「今回のことで悟った。人の命とは儚いものだと。ならば優先的にやってしまわないといけないものから処理をせねば」

そう言うと皇帝は、「国民皆保険の実現性についての報告書」と書かれた書簡を香蘭に見せた。

「こ、これは!?」

香蘭は目をぱちくりとさせながらその書簡に見入った。

「おまえが望んでいた国民皆保険の上奏書だ。昔、おまえの祖父が書いたものだ」

「陛下はわたしの夢をご存じだったのですね」

「ああ、知っていたさ。おまえの祖父と父が夢見ていたことも知っている」

「はい、祖父は医官として宮廷にお仕えしているとき、国民皆保険を実現させようと東奔西走しておりました。その道は腐刑によって断たれましたが」

「それを孫のおまえが叶える。これが芝居ならばなかなかにご都合主義な展開だな。しかし、お約束というものは嫌いではない」

「実現できるでしょうか」

「当時、おまえの祖父が集めた試算書を探している。中原国の国費は逼迫しているが、削るべき予算を正当に見いだせれば不可能ではない」

「なにとぞ、よろしくお願いいたします」

「なにを他人事のように。削るべき予算はおまえと決めるのだぞ」

「え、わたしが……。しかし、わたしは一介の医者ですよ」

「たしかな志と仁の意志を持った医者だ。祖父には及ばないまでも政治的才能もあるだろう」

「……本当によろしいのでしょうか」

「おまえでなければ駄目なのだ」

赤面ものの台詞を貰った香蘭は腹をくくる。劉淵の臣下として政治に参画する決意を固めたのだ。皇帝はまず香蘭の手腕を見るため、小さなことから始めよ、と命令してきた。

「小さなこと……ですか」

「そうだ。小さく産んで大きく育てる、という言葉もある。千里の道も一歩から」

「塵(ちり)も積もれば山となる、ですね」

「そういうことだ。まずは宮廷を回って小さな経費削減をしてくれ。それで反応を見たい」

「御意にございます」

香蘭は一礼すると喜び勇んで皇帝の寝所を飛び出した。

その後ろ姿を見て皇帝は「ふう……」と溜息を漏らす。

「身体はまだ本調子じゃないな。しかし、あの元気な娘を見ているとこちらまで元気になる」

皇帝は香蘭がどのような活躍をするか、楽しみに待つことにした。

†

　香蘭は長年、宮廷で働いているが、その実、宮廷内に知り合いは少ない。週に一度の参内だったということもあるし、それに意外と人見知りをすることがある。はてさて、誰に相談すべきか。考えて真っ先に顔が浮かんだのは数少ない宮廷の友人・李志温(りしおん)であった。

　おしゃべりと人の噂がなによりも好きな彼女ならば有益な情報をもたらしてくれると思った香蘭は、久しぶりに東宮府に向かった。東宮府には今は皇帝の弟たちが住んでいる。門を入ってほどなく、暇そうにしている李志温を見つけた。

「お久しぶりです、志温」

「あら、香蘭じゃない」

　にこりと微笑み、そそくさとやってくる志温。彼女の人なつこさはいささかも変わっていなかった。

　ただ、香蘭に一言申したいことがあるようで、口を曲げて言った。

「医道科挙に合格したと報告を受けて以来、顔を出さなかったじゃない。もう、職場が変わったからって薄情じゃない？」

「皇帝陛下の病を治すために外国に旅立っていたのです」

「まあ、それは大変ね」

「ええ、北胡を駆け抜けていました。その間、盗賊に襲われたり、北胡の兵にも追われたりもしました」

「一緒に行かなくてよかったわ」

「でしょう」

「でも無事に戻ってきたようでなによりね。ところでなにか用があるの？」

「はい、お知恵を拝借したくて」

「貸せるものならば親でも貸すわよ。あなたは私の親友なのだから」

「有り難い言葉です。それではさっそく聞きますけど、あの、志温から見て無駄だなあ、と思う宮廷費はあるでしょうか」

「無駄な宮廷費ねえ。東宮御所がそうなんじゃない？」

「東宮御所ですか？」

「ええ、今のところ主が不在で女官が暇を持て余しているわ」

「たしかに東宮様が皇帝になれば東宮府は暇になるよなあ」

志温は東宮付きの女官だったからやることがほとんどなくなってしまったらしい。それでも雇用が維持されているのは中原国の威信を誇示するためと、次の東宮が生まれたときのためであった。

「東宮府を廃止することはできないな」

香蘭が東宮府出身だからではないが、宮廷費の中には削ってはいけないものもあるのだ。それに香蘭にはそのような大事を決める権限がない。皇帝はまず小さなことをやれと言った。まずは小さな改革から始めたかった。

香蘭はそのように言うと、女官に支給されている化粧費を削るのはどうだろうか、と聞いてみた。その言葉を口にした瞬間、志温は「反対！」と断固とした口調で言った。

「化粧費は先代の陛下のときにも削減されたのよ。そのときも大揉めになった上、後宮が大反対したのだから」

なんでも当時の皇后、つまり東宮の母までもが化粧費を削減されて宮廷内は上を下への大騒ぎになったとのことだった。その騒ぎが収まるまで半年もかかり、その間、通常政務も滞ったという。

「すでにこれでもかと削減されているのにこれ以上は無理。すっぴんで外を歩くことになってしまうわ」

「すっぴんでも志温は美しいですよ」

と糊塗（こと）するも、化粧費の削減は難しいと悟った香蘭は、この部屋が暑いことに気がついた。

「冬だというのに夏のような暑さです」

「そうね。東宮府の部屋の中は暖かいわ」

「薪を切らさないようにしているようですね」

「そうね。おかげで薄着でも大丈夫だわ」

「……そうか、薄着でも過ごせるのか」

香蘭はふうむ、と顎に手をやる。

「一般庶民は冬は厚着をするな」

「そうね。冬は何枚も着合わせるわ」

「……東宮府だってそれは同じはずだ」

「でも、こんなに暑かったら何枚も着ていられないわ」

「使う薪の量を削減すればいいいんですよ」

「削減ねえ。でも、薪係も誇りを持って仕事をしているのよ。暖を保つのが彼女たちの仕事だから」

「その誇りを節約に振り向けて貰うだけです」

香蘭はにこりと微笑むと、一〇品官の官僚として薪係たちに命令を下した。

「明日から薪をなるべく使わないように」

そのような布告を出したのだ。当然、部屋を暖かく保つことに誇りを持っている薪係たちは反発した。

「私たちから仕事を奪わないでちょうだい」

とそっぽを向かれてしまったのだ。たかだか一〇品官の宮廷医に命令されても彼女たちは唯々諾々と指示に従わないようだ。宮廷とは権威主義なところがあるのである。

志温は溜息を漏らすと、

「一二品官から一〇品官に出世したのに残念ね。もっと出世するまで待つ？」

「まさか。わたしは一日も早く国民皆保険を実現したいのです。これはそのための試練だと思っています」

「まあ、相変わらずの猪突猛進ぶりね」

「ええ、しかし、それだけでなく、わたしは鼠（ねずみ）のような知恵も持っています。ねずみ年生まれなんです」

「あら、知らなかったわ」

「権威をかざして命令するから反発されるのです。ここはお金で釣りましょう」

「買収するってこと？」

「そうです」

「でも、経費を減らそうとしているのに、そのためにお金を使うなんて本末転倒じゃない」

「もちろんです。ですが、例えば節約して薪にかかるお金を半分に減らしたとして、浮いた分の一割を薪係に渡せば結局は経費を削減できます」

「それくらいの額じゃおしろい代にもならないけど」

「だからこうするのです。薪を焚く係をいくつかの組に分けます。そしてその組同士で薪代をいくら節約できるか競わせるんです」

「ふむふむ」

「そして一番、薪代を節約した組に報奨金を与えます」

「なるほど、たしかにそうすれば互いに競い合って全体の薪の代金を減らせるわ」

「人間、勝負事になると張り切るものです。こうすれば自主的に薪を使う量を減らしてくれるはず」

香蘭はさっそく薪係を一〇の組に分け、薪の使用量を減らした上位三組にだけ報奨金を支払う旨を約束した。

するとこ薪係たちは色めき立つ。

「報奨金で紅が買えるわ」

「わたしは実家に仕送りができる」

「他の組には絶対負けられないわ」

報奨金制度はよほど薪係たちの心を摑んだようで、皆薪の節約を必死に始めた。するとどうだろう、あれほど暑かった東宮府の室温はみるみる下がっていった。

「へっくしょん」

と、くしゃみをする志温だが、「まあ、厚着をすれば耐えられないことはないわ」と言った。今までが暑すぎただけで、これが適温だと思うことにするとのことだった。

「それにしても香蘭はすごいわね。薪の代金を三分の一にするなんて」

「たまたま上手くいっただけですよ」

「いいえ、そんなことはないわ。これからどんどん宮廷費は減らされていくと思うけど、東宮府の削減だけはお手柔らかにね。私が失業しないように」

「無論、心得ております」

東宮不在とはいえ、東宮府には皇族がたくさん住んでいるのだ。皇帝の病は快気しつつあるが、もしものときはこの東宮府に住む誰かが皇位を継がなければならない。この国の未来を担う皇族たちの生活を管理する東宮府という役所は、この国に必要不可欠なのだ。香蘭はただ、漠然と無駄な出費を削減するのではなく、締めるところは締め、出すところは出す、減り張り（めはり）の利いた改革をしたかった。東宮府の薪ではそれができたと自負するが、皇帝はどう評価してくれるだろうか。

さっそく、薪の件を伝えに皇帝のもとへ行くと、皇帝は「なかなかのものだ」と褒め称えてくれた。その功績によって九品官にしてくれるとのことであったが、それは謹んで辞退した。薪程度で官位を上げて貰っていたらいつしか丞相になってしまう。香蘭は皇帝の股肱の臣を気取っているが、皇帝に取り入って出世を狙っているわけではなかった。

かつて白蓮が東宮に仕えていたときも出世を望まなかったように、香蘭もまた出世は望まない。一介の宮廷医として皇帝に助言したいだけであった。

その言を聞くと岳配は「陽家のものは皆、慎み深い。出世よりも仁義を重んじる」と称した。実際、皇帝が寵臣に無闇に高い官位を与えるのは亡国の兆しと言う歴史家もいるのだ。香蘭がその例になって国を崩壊させたくなかった。

こうして香蘭は小さな宮廷改革を行った。ちなみにその間、皇帝は発熱することはなかった。寝所よりも執務室で仕事をする日が増えた。これは宮廷医としての香蘭の実力というよりも白蓮が調製した薬の効能であった。

さすがは神医白蓮、劉淵の軍師は卒業したが、どのようなときも友として最大の助力をしてくれる。その関係性は水と魚のようなものであった。まさしく水魚の交わりと言っていいだろう。香蘭も一日も早く、皇帝にとっての水となるべく、精進するだけであった。

†

週の半分を皇帝のために使うが、残りの半分は白蓮診療所で己の腕を磨く。それが香蘭のルーチンワークであったが、白蓮診療所で入院患者に治療を施していると、珍しく白蓮がやってきた。

「白蓮殿が珍しい。今は白蓮殿の腕が必要な患者はいませんよ」

「おまえにばかり心労を掛けさせるのはなんだと思ってな。手伝いに来た」

そのように言うと、患者の脈拍を取り始める。

「ふむ、正常だな。もうじき、退院させてもいいだろう」

それを聞いた患者は喜ぶ。

白蓮は感謝の言葉を患者から受け取ったあと、香蘭に向き直り、茶でも飲まないか、と誘った。

珍しくというか、初めて陸晋ではなく、白蓮自身が茶を注ぐ。その手つきは手慣れていた。

「陸晋に茶の注ぎ方を伝授したのは俺だ。俺は茶道楽でな」

そのような説明をする。

「本当は珈琲が好きなのだが、この世界ではなかなか手に入らない。だから茶に鞍替えした」

「白蓮殿には大酒飲みの属性もあります。茶ならば健康にいいですが、お酒は控えてほしいです」

「おまえは皇帝の御典医だろう」

「これは弟子としての忠告です」

「心配痛み入るが、酒は俺の友人なのだ。友人を裏切ることはできない」

「友人のほうは裏切る気満々ですよ。酒は身体に悪い」

「百薬の長とも言う」

「それは適量の場合だけです」

最近の白蓮はストレスが溜まっているのか、飲みすぎる傾向がある。妓楼に行っても泥酔して帰ってくるし、家飲みをするときも酒量を弁えていなかった。なにがストレスの元になっているのだろうか。尋ねる。

「……おまえが医道科挙に合格してからおまえの未来を考えるようになったんだ」

白蓮は正直な気持ちを吐露した。

「おまえの腕はまだ未熟だが、そのうちにその腕も熟するだろう。そのときおまえがどうするか、とても気になる」

「そうですね。正直、今も心は半分宮廷にあります」

「劉淵が完全に回復して政務を精力的にこなすようになったら、おまえの心は完全に宮廷に行ってしまうのかもな」

「…………」

珍しく寂しげに語る白蓮、彼が香蘭を欲してくれているというのは理解できた。

「……すぐには宮廷医には専念しませんよ」

香蘭はそのように約束すると、それよりもお知恵をお貸しください、と頭を下げた。

「白蓮殿が無理だと言っていた国民皆保険が実現しそうなのです」

「ほう、劉淵がやっと重い腰を上げたか」

「はい。しかし、それには宮廷費を削減しないといけないのです」

「それで薪の値段がどうとかぶつくさ言っていたのか」

「はい。東宮府の薪の使用量を三分の一にしました。これを宮廷全体に広めればそれなりの削減となります」

「しかし、国民皆保険を実施するには焼け石に水だな」

「そうなのです。白蓮殿にいい智恵はありませんか」

「俺は一介の町医者だぞ」

「しかし、かつては軍師として国政を改革しておられました。そのときの経験から教えていただきたいのです。一番削減できる項目はどこでしょうか」

そのように問いかけると、白蓮は真面目に語り出した。

「一番無駄な出費は後宮費だ。皇帝の子を産むためだけに一体何千人の女官を養っているのやら」

「しかし、皇帝陛下の御子を残すのはこの国の未来のためです」

「だな。しかも、劉淵はその辺は淡泊だ。最低限の貴妃しか囲っていない」

「そうなのです。貴妃を親元に帰しても大した削減になりません」

「次いで金が掛かるのは軍事費だな。兵士に飯を食わせるのには大金が要る」

「北胡と戦争をしている最中なのですから、軍事費の削減はできません」

「その通り。しかしその戦争を止めればどうだ」

「な、まさか、北胡と講和しろと」

「なにを驚いている。おまえは俺よりも戦争が嫌いだろう」

「そうですが、現実的ではありません。敵はこちらよりも戦意が高いのですから」

「しかし、おまえは北胡に行っただろう。そのとき感じなかったか、北胡が疲弊していると」

そこそこに賑(にぎ)わう街だが、ところどころに崩れ落ちた建物、澱(よど)んだ空気があり、活気に欠けていたあの都市を思い出す。

「……疲弊。たしかに北都は南都よりも活気がなかったです」

「こちらが苦しいときは向こうもまた苦しいものだ。北胡との戦争は一〇〇年に及ぶ。その間、事実上の講和状態にあったときもあるんだ。それが正式なものとなっても差し支えはないだろう」

「……白蓮殿は北胡との講和を望むのですね」

「ああ、そうだ。おまえも本心では望んでいることだ。そしておそらく劉淵も」

「表だって講和を唱えられないのは、終戦に反対するものが軍部にいるからですね」

「そういうこと。やつらは戦争で飯を食っている。自分たちの権力の源泉が武力であることを承知しているんだ」

「それでは軍部から懐柔しなくては」

「ああ、それは平和を愛する劉淵とおまえにしかできないことだ」

「白蓮殿は手伝ってくださらないのですか？」

「俺は軍部の鼻つまみものだからなあ」

かつて軍師として軍を改革したこともある白蓮だが、そのときに正論を振りかざして事を進めたものだから、今も白蓮を憎むものが軍部にはいるということだった。

「つまり、俺が出張れば失敗するってことだ。おまえに任せるよ」

白蓮はそのように言うと、おもむろに席を立つ。

「蓬饅頭があるはずなのだが……」

どうやら陸晋が隠しておいた茶菓子を探しているようだ。それは明日のおやつなのだが、白蓮は今食べてしまう気らしい。

「人間、明日があるとは限らないのだ。だから俺は今日を精一杯生きる」

棚の中から蓬饅頭を見つけて、白蓮はそううそぶいた。

おやつひとつ食べるにしてはたいそうなもの言いだが、それは正論であったので香蘭はそれに乗った。香蘭も陸晋に黙って蓬の饅頭を食べてしまう。これで共犯者となったわけであるが、香蘭の心はこの場にはなかった。すでに香蘭はどうやって軍部を説得しようか頭を悩ませていた。

†

散夢宮の後宮で皇帝の前に進み出ると、香蘭は「軍事費を削減したいです」と率直に話した。

皇帝は長い沈黙をする。

「…………」

皇帝自身、和睦には賛成なはずであるが、それゆえにその難しさを知っているのだろう。容易に回答はしなかった。

香蘭は深々と頭を下げ、北胡の現状を報告する。

「陛下を治癒する薬を求めて北胡を旅しましたが、北胡も困窮しておりました。今、こちら側から頭を下げ、講和を提案すれば北胡も乗ってくれるかと」

皇帝の視線は近くにいた岳配に移る。

岳配は白い髭を弄びながら、大きく頷いた。

「密偵や民草からも同じような報告が上がっています。北胡の民の間にも厭戦感情が湧いているとのことです」

「……であるか。しかし、私が講和を決断しても軍部が納得するだろうか」

「最高の権力を手にしてもままならぬものはあるということですな」

岳配は溜息をつきながら嘆いた。

「しかし、もしも権力がこの世界に必要だとしたら、今、使うべきでしょう。なんとか軍部を説得して講和に持ち込みましょう」

香蘭は鼻息荒く言い募った。

「簡単に言ってくれるが、どう説得する」

「真心を以てわたしが説得に参ります」

「おまえがか……そうだな。あるいは私自身がするよりもそちらのほうが気持ちが通じるかもしれないな」

皇帝はそのように言うと、陽香蘭に命じた。

「分かった。おまえには軍部の要人の説得を任せる」

香蘭は拱手礼をすると、「ははっ」と頭を下げた。

「ちなみにわたしはどなたを説得すればよろしいのでしょうか」

香蘭が尋ねると、皇帝はそのものの官名を伝える。

「驃騎将軍・王喜、それがおまえが説得すべき男の名だ」

「驃騎将軍・王喜……」

「軍務尚書も大司馬も説得する自信はあるが、実戦部隊の長である驃騎将軍は説得できない。なにせ彼らは長年に渡って北胡からこの国を守ってきたという誇りがあるからだ」

「その誇りを立てた上で説得しなければいけないのですね」

「そうだ。おまえにそれができるか？」

「やるしかないでしょう。そうでなければ講和は夢のまた夢」

力強くそのように宣言すると、香蘭は皇帝から特別に勅書を頂く。

「それを王喜に見せろ。余が講和を望む旨が書かれている」

「ありがとうございます。わたしはただの一〇品官ですからどうやって逢おうかと思っていました。勅使としてならば驃騎将軍とも堂々と逢える」

「それと今、王喜は北方の戦線にいる。白蓮を連れていくといいだろう」

「白蓮殿は診療所が」

「白蓮と王喜には因縁がある。それを解決せねば話は進まない」

「と申しますと？」

「白蓮が軍師だった頃、その采配によって王喜の同僚が死んだのだ。戦自体には勝ったのだが、そのとき禍根が生まれた」

「なんと」

「おまえがその白蓮の弟子だということは向こうも承知のはず。まずはそのときの一件を片づけねば前には進まないだろう」

「分かりました。師を説得して一緒に北方に参ります」

香蘭はそのように言うと白蓮診療所に向かった。

さて、師を一体どうやって説得するか。師は政治に介入するのをなによりも厭うのだ。ましてや軍師時代の不手際を謝罪せよと願い出るのはとても気が引けた。香蘭は師の機嫌がよくなるように陸晋に頼み込んで晩酌の肴を奮発させたが、そのようなことをせずとも白蓮はふたつ返事で北方行きを了承してくれた。なんと面妖な、槍の雨でも降るのだろうか、そのように思ったが、香蘭は師の気持ちが変わらないうちに宮廷に馬車の手配を頼んだ。

香蘭が馬車の手配をしているさなか、陸晋は白蓮に尋ねる。

「白蓮先生が政治に介入するなんて。しかも王喜将軍と和解をしに行くだなんて信じられません」

「あの馬鹿弟子の夢が懸かっているからな。俺が頭を下げるだけでことが進むならいくらでも下げよう」

「王喜将軍に頭を下げるのですか」

「そうだ」

「例の一件以来、王喜将軍とは犬猿の仲と聞きますが」

「向こうが俺のことを嫌っただけさ。俺はやつの武力を頼りにしていたし、人格も嫌いじゃない」

「しかし、将軍は公然と先生が嫌いだと言っています。軍師のくせに髪をなびかせやがってと髪型まで嫌っているとか」

「坊主憎ければ袈裟(けさ)まで憎しか。まあ、嫌われても仕方ない。俺の作戦でやつの友人が死んだのだから」

「……それでも先生は和解をするのですね」

「ああ……」

白蓮はそのように言うと手酌で酒杯に酒を注いだ。

「今、俺の弟子は医者としても人間としても飛躍しようとしている。それを邪魔するほど悪辣な師ではない」

「香蘭さんが飛躍すればこの診療所からいなくなってしまうかも」

「そのときはそのときさ。以前はおまえとふたりきりだっただろう。ふたりに戻るのも悪くない」

「……白蓮先生」

万感の思いで酒を飲む師を見て、陸晋は言葉を失った。

そして陸晋は決意する。北方の地へ向かうこの旅に、是非とも自分も同行せねば、と。

なぜならば、そこで白蓮は将軍の心を動かすなにかをするはずだったからだ。その光景を是非とも目に焼き付けたかった。陸晋は悪いとは思いつつもいつものように夏侯門診療所と陽診療所に医者の貸し出しを頼み、彼らに診療所を任せることにした。


北方の戦地にて――。

「王喜将軍」

と拱手礼をする部下、彼は報告にやってきたようだ。しかし、伝えるのを躊躇(ためら)っているようにも見える。なにやら言いにくいことらしい。

「俺はおまえを部下にしてから不要な報告を受けたことが一度もない。遠慮するな、何でも言え」

そのような言葉で部下の口を柔らかくさせると、報告を聞いた。

「はは、なにやら皇帝陛下の勅使が来るとか」

「陛下が勅使だと？　この北方の地にか？」

「御意」

「戦地にわざわざ勅使とはどういった了見だろうか。もしや北胡と講和をする気か――」

明晰な頭脳を持つ王喜は一瞬で皇帝の腹を察したが、勅使としてやってくるものの名を聞いて、それは確信に変わった。

「勅使は内侍省後宮府所属宮廷医の陽香蘭という娘だそうです」

「宮廷の小夜啼鳥(サヨナキドリ)か。あの娘ならばやはり講和の勅使なのだろうな」

「御意」

王喜は香蘭のことを知っていた。宮廷での活躍が耳に入っていたのだ。その性格や人となりも把握していた。ただ、彼女が善き娘だと知ってはいるが、好意を持つことはない。なにせ陽香蘭は王喜が嫌っている白蓮の弟子なのだ。

「あの伊達で気障な男の弟子だと思えば腹が煮えくりかえる。勅書を目の前で破いてやりたいわ」

「閣下、それはなりません」

部下はたしなめるが、それくらい白蓮とは馬が合わないということであった。

たしかに白蓮は知恵ものであるが、それを笠に着て正論を振りかざす当時の姿を思い出すと憤りを抑えられないのだ。はっきり言って王喜はあの男を嫌っている。白蓮もまた王喜を嫌っているだろう。武人肌である王喜と、学者肌である白蓮は相容れぬ存在なのだ。白蓮は官位を捨てて野に下ったが、それでも王喜は彼のことが気にくわなかった。

——再会するまでは、であるが。


翌日、皇帝の勅書を携えて現れた陽香蘭と白蓮。陽香蘭は深々と頭を下げ、勅書を手渡してくるが、白蓮はふてぶてしく突っ立っていた。やはりこの男は昔からなにも変わらない。そのように唾棄しようとするが、唾を吐き捨てるよりも前に白蓮は言った。

「どうか、講和の件、呑んでくれ」

と。

「それが人にものを頼む態度か」

平身せぬ平民に腹を立てる王喜、しかし白蓮が自分に頭を下げることなどあり得ないと知っていた。――だが、白蓮はその予想をまたもや裏切る。

彼は思い詰めた表情で王喜の前に出ると、深々と頭を下げた。地に頭をこすりつけ、

「これでいいか？」と尋ねた。

王喜は驚くが、それが白蓮の策であると即座に悟った。頭を下げることくらい造作もないと思っているのだろう。だから王喜は平然と言い放った。

「おぬしほど和平の使者に適さぬものはいない。そんなものが持ってきた勅書になど従えようか」

その言葉を聞いた白蓮は、おもむろに短刀を取り出す。

周囲のものはざわめき、腰の剣に手を掛けるが、刃傷沙汰になることはなかった。白蓮がその刃物を自分に向けたからだ。

彼は黙々と短刀を使って己の髪の毛を剃(そ)り上(あ)げると、あっという間に坊主になった。

「古来より、仏法では殺生を禁じている。これで和平の使者、あい務まろうか」

「…………」

軍師として働いていたときも伊達者で、見栄えを気にしていた洒落者(しゃれもの)が剃髪(ていはつ)をしたのだ。王喜は白蓮が変わったことを察した。かつてのように不遜な軍師ではない。王喜は器の大きさを見せる。

「おまえのようなへそ曲がりの性根を変えるとは、その娘はたいそうな娘なのだろう。

そんな娘が持ってきた勅書、破り捨てることはできないな」

そのように言い、王喜は勅書を受け取った。そしてそれを読むと、

「やはり講和か……」

と、つぶやく。

「戦場を往来すること三〇年、その間、北胡との間には色々とあった。戦場で倒れた仲間を思うと講和など考えもできないが、困窮するこの国の民のことを思うと講和もやぶさかではない」

王喜はそのように言うと講和に反対しない旨を伝えた。

さらに北胡と講和するのならば皇族のタタル・エルエイを頼るといい、彼ならば北胡の講和派を纏め上げる力があるだろうと告げた。将は将を知るという。王喜が尊敬する将軍ならば間違いないだろう。皇帝陛下にそのように伝えると約束して、香蘭は北方の地を去った。

南都へ戻る道中、香蘭は剃髪をした白蓮に頭を下げた。

「師に剃髪をさせるなど弟子としてあるまじき行為です」

「別におまえのために頭を剃ったわけじゃない」

白蓮はふんとそっぽを向く。

「そろそろ夏だし、涼しくしたかっただけだ」

「…………ありがとうございます」

感謝の言葉を伝えるしか、今の香蘭の気持ちを表す方法がなかった。

ただ、白蓮は目鼻立ちが整っており、頭の形もよく、禿頭が似合っていた。

「きっと、妓楼でももてはやされますよ」

南都に戻った香蘭は、皇帝に王喜が講和に納得した旨を伝える。

皇帝はよくやったと香蘭を褒め称えると、そのまま岳配に講和の文章を書かせた。中原国が譲歩しての講和となるが、これで一〇〇年に及ぶ戦が終わるのだ。

万事が万事めでたかった。中原国に平和が訪れ、国民皆保険も実現されるのだ。そう思うと感無量であったが、運命を司る神は意地が悪かった。北胡との講和が成立したその夜、香蘭がこの世で一番尊敬する人物が倒れたのだ。

中原国一五代皇帝はまたしても発熱し、病床に伏した。香蘭を始め、宮廷中の医者が彼の身体を調べたが、以前と同じで原因は不明だった。

香蘭は「まさか、治癒したはず！」そのように叫んだが、白蓮は淡々と言った。

「完治していなかったのだろう。満月草の薬も〝一時的〟な効果しかなかったとみえる」

「白蓮殿はなぜ、そのように冷静なのです。あなたの友が再び死にかけているのですよ」

「騒いだところで劉淵が回復するわけではない」

「そうだ。もう一度、満月草を採ってくればあるいは」

「いや、無駄だ。劉淵の死は回避できない」

「そんな、陛下が崩御されるのをただ黙って見守っていろと言うのですか」

「その死を回避することはできない。しかし、その死に意味を持たせることはできる。中原国一五代皇帝劉淵はそれまで誰もなしえなかったことをしたのだ」

「その褒美が病死なのですか、ならば神は悪魔にも等しい」

白蓮は悔しげに唇を噛みしめると言った。

「俺たちにできることは劉淵の死期を僅かに延ばしてやることだけだ。平和になったこの国を見せてやることだけ」

「他になにもできないのでしょうか」

「…………」

白蓮はしばし沈黙すると、できることがあるかもしれない、と口にした。

「あるんですね。なにをすればいいのでしょうか」

「劉淵は仕事に明け暮れるワーカホリックだが、かつてひとりだけ女を愛した。そのものを呼んでやることはできる」

「帰蝶妃を呼び戻すのですね！」

名案だ、と香蘭は納得する。

帰蝶とはかつて皇帝が東宮だった頃、寵愛した貴妃の名である。彼女は実は東宮の命を狙う暗殺者の娘だったのだが、その罪をうやむやにするため宮廷を追放された。彼女は今、旅の芸人となって唄や舞を披露していた。

もう二度と会わない、そのような約束のもとでの別れであったが、東宮が皇帝となり、またその死期が近づいているのならば話は別であろう。香蘭は岳配に力添えを願って中原国中の旅芸人を南都に呼び集めた。

南都に集まる旅芸人――を探すことはしなかった。帰蝶の性格ならば国が招集をかけているとなれば自分を探していると気がつくだろう。思慮深い彼女がそんな安易な罠に掛かるわけがなかった。

香蘭は逆に、地方に留まっている旅芸人の一座を探した。中原国の間諜と夜王率いる赤幇の力を借り、帰蝶がいるであろう村を探し当てた。

梅と桜の木々に囲まれた小さな村、そこに留まり芸を披露している一団がいると聞いて、香蘭はそこに向かった。

梅も桜も花期は終わっていたので満開の花々を愛でることはできなかったが、旅芸人たちが奏でる笛や太鼓の音を聞くことはできた。

旅芸人の一座は村人たちに歌や舞を披露して金を取っているようだ。彼らの芸は一流であり、金を支払ってでも見たいと思わせる見事なものであった。香蘭は金を徴収している小僧に金子を握らせる。小僧は「こんなに!?」と驚くが、一座の看板芸人の舞はそれでも安いほどであった。

浅黒い肌に映える真っ白な着物を着た女性。西方の異民族の血を引く帰蝶は、かつてよりも歌舞の実力を上げていた。東宮で舞っていたときよりも華麗にして流麗な舞を香蘭に見せてくれる。その歌舞は中原国一と言っても差し支えはないだろう。再びその歌舞を見ることができた香蘭は僥倖と言うべきであった。

そのように感謝の念を神に送っていると、帰蝶は香蘭に気がついた。

「……やはりあなたが私を探していたのですね」

「ええ、国中の旅芸人を南都に招集しました。逆にやってこなかった芸人たちの中にあなたがいると踏んだ」

「相変わらず賢い娘だこと」

帰蝶は軽く笑みを漏らす。

「あなたが直々に私を探しているということは、東宮様、いえ、皇帝陛下の御前に私を引き出すつもりね」

「そうなります」

「劉淵様とはもう会わないと誓約をかわしたのですが」

「その誓約を破ってほしい。——劉淵様は死病です。もう長くない」

「……えっ」

　思わぬ言葉に帰蝶は言葉を失う。

「そんな、あの方が亡くなるというの？　この国を誰よりも愛しているあのお方が死ぬというの？」

「……そうです。死にます。だから死ぬ前にあなたに会わせて差し上げたい。これはわたしの身勝手なお節介ですが」

「…………」

　帰蝶は沈黙するが、香蘭の身勝手にもお節介にも腹を立てなかった。ただ、軽く頷くと香蘭のもとへやってくる。

「陛下は亡くなられるのですよね。あとどれくらい持つのです」

「分かりません。——すでにもう亡くなっている可能性もあります」

「そんな、それでは一刻も早く南都へ向かいましょう」

香蘭は帰蝶を馬に乗せた。

最短でこの村まで行くために、香蘭は三頭の馬を潰したが、帰りも同じ数の馬を潰した。馬が疲れ果てて動けなくなるたびに新しい馬に乗り換えたのだ。伝馬法というやつだ。香蘭は馬に乗れないが、帰蝶は西域の異民族のためか自分で馬に乗ることができた。また馬の扱いも上手かった。想定したよりも早く南都へ戻ってきた。

懐かしの南都を見て帰蝶はつぶやく。

「もう二度と戻ってこないと思っていたのに……」

帰蝶の決意はそれほど固かったのだが、それを破らせてしまった今、遠慮する理由はない。香蘭は後宮に帰蝶を連れて入ると、皇帝が伏している寝所に向かった。

そこには白蓮がおり、沈痛な面持ちをしていた。

まさか、間に合わなかったのだろうか、と香蘭は息を呑んだ。白蓮は首を横に振る。

「まだ生きているが意識はない。もう意識を取り戻すことはないだろう」

感情を排して事実だけを述べる白蓮。

「そ、そんな、せっかく帰蝶妃を連れてきたというのに……」

香蘭は涙を流すが、帰蝶は絶望していなかった。死者のように眠る皇帝の頰に軽く手を触れると、庭に出て舞を始めた。

かつて香蘭を魅了した歌舞を、死の淵にある皇帝に献上せんとしているのだ。

柔らかな日差しを受けているかのように微笑みながら舞う帰蝶、彼女だけは皇帝が目を開けるのを信じているようであった。

そして、ついに奇跡が起こった。

名医白蓮がもう意識を取り戻すことはないと断言した皇帝が目を覚ましたのだ。

白蓮は信じられないというように目を見開いたまま劉淵を見つめた。

劉淵は柔和な表情で周囲を見渡すと、庭で繰り広げられている歌舞に目を留めた。かつて毎日のように楽しんだ寵姫の踊りに目を細める。

「やはり蝶はいい。この世で一番美しい」

南国の蝶々のようにひらひらと舞う帰蝶を見つめると、劉淵は言った。

「帰蝶よ。最期におまえの踊りを見ることができて私は幸福であった」

「……陛下、これが最後の舞なのですね」

「私はもう見ることは叶わないだろう。しかし、おまえはまだ舞える。最期の最期まで、死のその瞬間まで舞ってくれ」

「……御意にございます。陛下のため、最期の最期まで舞わせて頂きます」

帰蝶はそのように言うと両目に涙を溜めた。

「……あれ、おかしい。笑顔でお見送りするつもりでしたのに、私、泣いています」

「……そうか、私のためにおまえは泣いてくれるか」

「私だけではありません。香蘭さんも、白蓮さんもあなたのために泣くでしょう。今は必死に堪えていらっしゃるのです」

事実であった。香蘭は今にも嗚咽を漏らしてしまいそうになるのを我慢していた。劉淵と帰蝶の神聖な再会を邪魔したくなかったのだ。

「そうか、私のために泣いてくれるものは案外、多いのだな」

「……陛下の人望のたまものです」

「……うむ、私は今から死ぬ。しかし、病気に倒れるのではない。余は命数を使い果たしただけだ」

「御意」

「中原国と北胡との和議を成立させた。国民皆保険への道筋もつけた。そして最愛の蝶との再会も果たした。もう、見られるだけ夢を見たのだ。心残りはない」

「……私もです。最後に陛下の前で舞えて嬉しかった」

劉淵は満足げに微笑むと、最期は皇帝であることを選んだようだ。最後に語った相手は愛する帰蝶ではなく、岳配だった。彼は悲しみに打ちひしがれている忠臣を見つけると、自分の死後の国の舵取りについて指示した。

「私の後継者は三男の劉決に託す。その後は劉盃の息子の誰かに継がせよ」

「……御意にございます」

「私の葬儀は質素で慎ましやかなものにしろ。浮いた金は国民皆保険に回せ。余の遺言は遺漏なく執行するように」

そのように言い残すと皇帝は目をつむった。以後、目を覚ますことはなかった。

皇帝劉淵は三日間、帰蝶に手を握りしめられながら看護を受け、三日目の夜に呼吸を止めた。

白蓮は劉淵の心臓が鼓動を止めたことを確認すると、死亡宣告をした。

「亥(い)の刻(こく)、一五代中原国皇帝崩御」

淡々とそのように口にしたそのとき、右目から涙が流れた。

こうして中原国に偉大な功績を残した皇帝は死んだ。

民は誰しもが悲しみ、一週間の間、国中が喪に服した。

†

「鬼の目にも涙か」

皇帝が死んだ瞬間、たしかに白蓮は泣いた。その涙は友を失ったためだろうか、あるいは己の無力さに打ちひしがれたためであろうか。どちらかは不明であったが、たしかに師は泣いたのだ。

その弟子である香蘭も一晩中、皇帝の遺体の前で泣き崩れた。泣いて泣いて、やっと身体中の水分を涙にし終えると、白蓮は香蘭を連れて診療所に戻った。皇帝が亡くなっても病に苦しむ人がいなくなるわけではなかったからだ。

香蘭はいつものように淡々と入院患者に医療を施した。むしろ皇帝を失った悲しみを紛らわせるためにいつも以上に忙しく立ち働いた。

そのように日々を過ごしていると、ある日、陸晋が問うた。

「香蘭さんは宮廷に出仕しなくていいのですか」

と。

たしかに香蘭はこの一ヶ月、一度も宮廷に参内していなかった。新たに皇帝に即位する劉決にも挨拶していない。

「香蘭さんは白蓮診療所の専属になるということでしょうか」

陸晋は喜び勇みながらそのように言うが、香蘭は首を横に振る。

「それでは劉決様の御典医になるのでしょうか」

それに対しても首を横に振る。

「先帝である劉淵様が国民皆保険の道筋を作ってくださった。わたしがいなくても劉決様はその志を継いでくださるだろう」

「それじゃあ、白蓮診療所に――」

「いや、それも違う気がする。わたしはここで学べる大切なことをすべて学んでしまった気がするんだ」

「え……それじゃあ」

「陸晋、わたしは旅に出ようと思う。かつて白蓮殿と陸晋が中原国中を巡ったように、わたしも中原国を巡って恵まれぬもののために医療を施そうと思う」

その言葉を聞いた陸晋は「……その決意は固いのですね」と言った。

「ああ、もう決めたことだ。明日旅立つ。白蓮殿にも挨拶はしない」

「そんな、せめて別れの挨拶くらいしてはいかがですか」

「そんなものは不要だ。白蓮殿は分かってくれるはず。わたしが一人前になって戻ってくることを確信してくれるはずだ。だから今さら別れの挨拶など不要だ」

「……そうですね。香蘭さんは最高の医者になってこの診療所に戻ってくるんですよね」

「そうありたい。そのときは白蓮診療所ではなく、白陽（はくよう）診療所になるかもしれない」

香蘭はそのような冗談を言うと陸晋を抱きしめる。

「長い間世話になりました」

「香蘭さんが来て三年経ったのか。長いようで短いような」

「三年、この診療所で修業をしたのだから、三年、中原国を巡るよ」

「そうですね。きっと今まで見えなかったものが見えるようになりますよ。そして神医白蓮先生に少しでも近づけるような気がします」

「本当にありがとう。そしてさようならだ、陸晋」

そのように言い残すと、香蘭はそのまま診療所を出た。無論、家にも帰らず南都を出る。最低限の荷物のみを持っての旅立ちだった。

南都の街並みが小さくなると香蘭は軽く振り返る。

「次に戻ってくるときは三年後か……」

三年後、香蘭は二〇歳を超えているだろう。医者としても人間としても最盛期を迎えているかもしれない。そのとき香蘭は師と同じ光景を見ることができるようになっているのだろうか。

それは未知数であったが、香蘭は意気揚々と南都を後にした。

そして今まで行ったことのない地へと足を踏み入れる。

そこで医者の助けを求める人々に医療を施した。

†

三年後、白蓮診療所は今日も滞りなく運営されていた。

　皇帝劉決が国民皆保険を実現させたが、白蓮診療所は相も変わらず闇医者をしていた。白蓮の施す医療は金が掛かるので保険ではまかなえないのだ。

　三年前から時が止まったかのように変わらぬ診療所であったが、陸晋が思春期になり声変わりしていたのが唯一の変化だろうか。それ以外はなにひとつ変わっていない診療所、そこに訪れたのは大人びた顔立ちの女性であった。

　彼女は三年間の武者修行によって、医者としても人間としても成長していた。陽家の末娘は三年ぶりに南都へ戻ると、実家よりも先に白蓮診療所を訪ねた。そこで師に立派になった自分を見せつけてやるのだ。

　香蘭は「一人前になって戻って参りました」と確かな自信と共にそのように師に言うと、師は穏やかな笑みを浮かべながらこのように返した。

「おかえり」

と。

　たった四文字の言葉だが、その言葉には万感の思いが込められていた。

―完―

<初出>

本書は書き下ろしです。

この物語はフィクションです。実在の人物・団体等とは一切関係ありません。

◇◇メディアワークス文庫

宮廷医の娘8

冬馬 倫

2024年5月25日　初版発行
2024年6月15日　再版発行

発行者　山下直久
発行　株式会社KADOKAWA
〒102-8177　東京都千代田区富士見2-13-3
0570-002-301（ナビダイヤル）
装丁者　渡辺宏一（有限会社ニイナナニイゴオ）
印刷　株式会社KADOKAWA
製本　株式会社KADOKAWA

ISBN978-4-04-915623-2 C0193

メディアワークス文庫　https://mwbunko.com/

本書に対するご意見、ご感想をお寄せください。

あて先
〒102-8177　東京都千代田区富士見2-13-3
メディアワークス文庫編集部
「冬馬 倫先生」係

第30回電撃小説大賞《大賞》受賞作

竜胆の乙女
わたしの中で永久に光る

fudaraku

「驚愕の一行」を経て、光り輝く異形の物語。

明治も終わりの頃である。病死した父が商っていた家業を継ぐため、東京から金沢にやってきた十七歳の菖子。どうやら父は「竜胆」という名の下で、夜の訪れと共にやってくる「おかとときき」という怪異をもてなしていたようだ。

かくして二代目竜胆を襲名した菖子は、初めての宴の夜を迎える。おかとときを悦ばせるために行われる悪夢のような「遊び」の数々。何故、父はこのような商売を始めたのだろう？　怖いけど目を逸らせない魅惑的な地獄遊戯と、驚くべき物語の真実——。

応募総数4,467作品の頂点にして最大の問題作!!

メディアワークス文庫

後宮冥府の料理人

土屋 浩

死者を送る後宮料理人となった少女の、後宮グルメファンタジー開幕！

処刑寸前で救われた林花が連れてこられたのは、後宮鬼門に建つ漆黒の宮殿・臘月宮（ろうげつきゅう）。そこは死者に、成仏するための「最期の晩餐」を提供する冥府の宮殿だった——。

謎めいた力を持つ女主人・墨蘭のもと、林花は宮殿の料理人として働くことに。死者たちが安らかに旅立てるよう心をこめて食事を作る林花だが、ここへやってくる死者の想いは様々で……。

なぜか、一筋縄ではいかないお客達の願いを叶えることになった林花は、相棒・猛虎（犬）と共に後宮を駆け巡る——！

後宮鬼門の不思議な宮殿で、新米女官が最期のご馳走叶えます。

メディアワークス文庫

佳き結婚相手をお選びください
死がふたりを分かつ前に

似鳥航一

異端の民俗学者にして探偵——
桜小路光彦登場！

海堂財閥の創業者・右近が残した異様な遺言。それは同家に縁がありながらも、理不尽な扱いを受けていた美雪にすべての財産を渡すというものだった。条件は海堂家の三兄弟のだれかと一ヶ月以内に結婚すること——。それが惨劇のはじまりだった。

ある夜、結婚相手にと名乗り出た次男の月弥が同家の別えびす伝説に見立てられて変死を遂げ、美雪は否応なく遺産相続に巻きこまれていく。

そして招かれた、異端の民俗学者にして探偵の桜小路光彦が連続殺人の謎に挑む。

とりかえばやの後宮守

土屋 浩

運命の二人は、後宮で再び出会う――！
平安とりかえばや後宮譚、開幕！

流刑の御子は生き抜くために。少女は愛を守るために。性別を偽り、陰謀渦巻く後宮へ――！

俘囚の村で育った春菜は、母をなくして孤独に。寂しさを癒したのは、帝暗殺の罪で流刑にされた御子、雨水との交流だった。世話をやく春菜に物語を聞かせてくれる雨水。だが突然、行方を晦ます。

同じ頃、顔も知らぬ父から報せが届く。それは瓜二つな弟に成り代わり、宮中に出仕せよとの奇想天外な頼みで……。

雨水が気がかりな春菜は、性別を偽り宮中へ。目立たぬよう振る舞うも、なぜか後宮一の才媛・冬大夫に気に入られて――彼女こそが、女官に成りすました雨水だった。